マスカレード

華《か》藤《とう》えれな

ILLUSTRATION
亜《あ》樹《き》良《ら》のりかず

マスカレード

プロローグ

今さら人生が変えられるわけではない。過去を壊すこともできない。

けれど、だれでも一夜の夢が見たいときがある。

「――さて、今日も夢を見るか」

黒い上着をはおって車からでると、有本淑貴《ありもとよしき》はおだやかな潮風《しおかぜ》を吸いこんだ。

まばゆい夕陽に染まった空と海が、少しずつ溶けあって宵闇《よいやみ》のなかに沈もうとしている。

世界が昼から夜に変わろうとする、この短い時間がとても好きだ。

なにか違う世界にいざなわれるようで。

世界で二番目に小さな独立国――モナコ公国。

ここは世界中のＶＩＰが訪れる世界一高級なリゾート地としても名を馳《は》せる地上の楽園だ。

ふりかえれば、山肌には優美な建物の数々。

対岸の丘でひときわ鮮やかにライトアップされた大公宮殿が目に眩《まぶ》しい。

薄暮《はくぼ》に包まれ、百万の宝石をあふれさせたような人工の光の輪郭《りんかく》がにじんでいる。

そうして海沿いの遊歩道を進み、淑貴は優美なグラン・カジノの建物のなかに吸いこまれていった。

受付でパスポートを見せ、奥に入る。

目の前には巨大なボヘミアングラスのシャンデリア。

繊細な金細工が散りばめられた宮殿のような広間をぬけ、あたりを見まわすと、壁に嵌《は》めこまれた鏡には日本人形のような顔立ちの東洋人――自分が映っていた。

小さな瓜実《うりざね》顔に、細く小高い鼻梁《びりょう》。

彫刻刀をひとふりしたかのような大きめの眸《ひとみ》と唇の端はゆるく切れあがっている。

小柄ではないが、欧米人にかこまれるとやはり骨格の違いや体軀《たいく》の薄さが目立つだろう。

日本を離れてからの一年間に痩《や》せたらしい。

淑貴は広間をぬけ、奥の窓口でジュトン（チップ）を手に入れた。

そのままブラックジャックのテーブルの前に立ち、カードを切るクルーピエ（ディーラー）の前に少額のジュトンを置く。

「――こちらにお賭けになるのですね」

白い制服を着たクルーピエがささやくようなフランス語で話しかけてくる。

「ああ」

軽くうなずき、椅子《いす》に腰を下ろすと、カードがくばられ始めた。

洗練されたクルーピエの美しい指の動き。流れるようなカードさばきを見ているうちに、ふっと自分の現実が遠ざかるような気がする。

葉巻の匂いと女性たちの甘やかな香水の匂いが飽和《ほうわ》した典雅《てんが》なフロア。

近郊のカンヌで映画祭が行われる時期のせいか、今日は豪華絢爛《ごうかけんらん》な美女やひと目でそれとわかるハリウッドの役者を見かける。

そんな華やかな人間に交じって自分はなにをやっているのだろう、と自問するのはやめておこう。今夜は現実の自分を忘れるためにここにきているのだから。

「ブラックジャック！」

テーブルの客の間にどよめきが湧き、周囲の視線が淑貴に集まる。

最強のカードを引き当てたようだ。

といっても、賭金が少ないのでたいした金額にはならないが。

「……すごいわね、あの東洋系のクールビューティ。一瞬で勝ったわよ」

背後にいた若い女性がだれかに話しかけている。

「すばらしい強運だ。うらやましいね」

「そうね、あなたって悪運にまみれてるから」

「ああ、きみとのことも含めてね。私も彼にあやかって強運をひきよせたいものだよ」

冗談めかした男性の甘い声が背中に響き、淑貴はふっと口角の端をあげてほほえんだ。

違う。運をひきよせているのではない。

これは計算して、だした結果だ。カードを緻密《ちみつ》に数えて。

いつ、どこに最強のカードがくるか、冷静に計算したうえで手持ちのジュトンを置いたにすぎない。

つまり――カードカウンティングしていただけのこと。

かつてアメリカの大学生が自分たちの数学的能力を試そうとして問題になった技で、カジノでは嫌がられている。尤も、高度な数学的知識と集中力、そしてなにより確率の知識に長《た》けた者でなければ実践することは不可能とも言われている至難の技だが。

まさか、やぼったい風情《ふぜい》で現れた東洋人がそんな不正をしているなどまわりは想像もしないだろう。

自分の金が一瞬にして倍額に増えるときの快感と恍惚《こうこつ》。

ばれるかばれないかのスリルを感じながら、カードをカウントすることのみに神経を集中する、その昂揚《こうよう》感がたまらない。

これが仮初《かりそ》めの快感だというのはわかっている。

けれどこの瞬間、自分の劣等感を拭《ぬぐ》い去ることができるのだ。

このときだけ、自分はモナコのカジノでベテランのクルーピエの目を盗んでカウンティングできる人間。

みじめな敗北者として日本から逃げるようにやってきた人間ではない。今だけは……。

そんな刹那《せつな》の愉絶に麻薬のような魅力を感じて、一カ月に一度、淑貴はモナコでカジノめぐりをするようになっていた。

金目当てではなく、日本で失った自信を一時でもいいからとりもどしたくて。

そうして一時間ほど過ぎたころ、淑貴はジュトンを手に席を立った。

「――お客さま、お待ちください」

係員のひとりに呼びとめられ、一瞬、心臓が跳ねあがりそうになった。

まさか、カウンティングがばれた――？

一瞬、首の裏に冷や汗が流れたが、何でもないふうを装《よそお》って淑貴は静かにふりむいた。すると。

「どうぞ、ムシュウ」

紺色の制服を着た男性が小さな封筒を差しだす。そこにはピンク色の薔薇《ばら》が一本添えられていた。

封筒の表面には『あなたの強運を祝って、ささやかな贈り物です』という手書きの文字。

「強運を祝って……？」

さっきゲーム台のそばにいた客のだれかが案内係に渡したのだろうか。

贈り物――ということは、カウンティングがばれたのではないらしい。

淑貴はほっと内心で息をつき、封筒を開けた。

なかには、一枚のカードと小さなメモ。

そのカードはモナコ有数のホテルやレストランが加盟しているメンバーズカードだった。

――今夜はロテル・ド・パリに宿泊し、サロンで好きなものを召しあがってください。加盟店での買いものやスパのご利用もご自由に。精算《せいさん》は、こちらにおまかせを。

メモには、流麗《りゅうれい》な文字でそう記されていたが、送り主のサインはない。

「名刺も……ないのか」

ロテル・ド・パリといえば、カジノの斜め前に建っている宮殿のようなホテルだ。

カンヌ映画祭やＦ１が間近なハイシーズンのこの時期、一泊するのにどのくらいの値段がするのか、淑貴でさえ想像がつく。

「そこに泊まって、好きなだけカードを使えだなんて」

冗談にしてもタチが悪すぎる。なにかのイタズラかもしれない。

と思ったあと、淑貴は内心でかぶりをふった。

いや、ここはモナコだ。ヨーロッパの王侯貴族を始め、世界中の大富豪が集まる場所。

わずかひと晩に何億という大金を使って遊ぶ客もいると聞く。

そんな人間の目には、千ユーロにも満たない少額を賭けて楽しんでいる東洋人がみっともなく見えたのだろうか。『強運を祝って』と記されているが、本当はカジノの客にふさわしい雰囲気でも身につけろと暗にたしなめられているのかもしれない。

「……あの、これは、だれが私に」

顔をあげると、案内係は優雅に微笑してホールの反対側に視線をむけた。

「あちらの方からです」

見れば、アトリウムのむこう——少し暗くなった玄関口から外へでていく男性の後ろ姿があった。

手前のシャンデリアが眩しくてはっきりと見えない。すらりとした長身の男性のシルエットだけしか。

「あの……」

追いかけて玄関にむかったが、すでに彼の姿はなく、淑貴はピンクの薔薇を手に呆然《ぼうぜん》と佇《たたず》んだ。

カジノ広場を吹きぬける風が甘い薔薇の芳香《ほうこう》を運び、淑貴の前髪を揺らしていく。

その香気を噛みしめるように小さく息をつき、淑貴は肩を落とした。

1　ニース

南フランス、ニース――。

今日もコート・ダジュールのあざやかな陽の光が目にまぶしい。

いつものように朝早くにアパルトマンをでた淑貴は小型の自家用車を運転し、勤務先のニース商科大学へとむかった。

風に揺れる瑞々《みずみず》しい若葉。ピンクや赤、白といった彩《いろど》りあざやかな薔薇の花々。

この街は世界中の観光客を誘う美しい海岸――プロムナード・デ・サングレで有名だが、大学は海とは反対方向の丘陵《きゅうりょう》の上、旧市街地をぬけた山肌に広大なキャンパスを広げている。

建物はすべてロマネスク風の古めかしい石造りで、キャンバスに入ると中世にまぎれこんだような風情が漂《ただよ》う。

駐車場に車を停めると、手をかざし、淑貴は遠くに見える蒼海を見下ろした。

永遠のように続くグランブルーの海が朝の陽を反射してきらめいている。

初めてこの地に立ったとき、これまでに見たことがない目の覚めるような海と空の蒼さに、そのまま吸いこまれそうな気分になった。

あのなかに溶けることができたら……などと思って。

有本淑貴、三十二歳。昨年、フランスにきてからずっと、この大学で教鞭《きょうべん》をとる日本人の玉泉《たまいずみ》という経済学部の教授の下で秘書をしている。

こちらの学校が一年としている――九月から六月末までという契約《けいやく》で。

そろそろ五月末なので、その契約もあと一カ月で切れる。

来期のことはなにも言われていないが、このまま続けて雇《やと》ってもらうことができるのだろうか。

これでも日本にいたときは、東京郊外の国立大学経済学部の助教授をつとめていた。

何冊か出版した著書がアメリカの学界で注目され、三十五歳までに教授になる出世頭《しゅっせがしら》として期待されていたものだ。

しかしある事件が原因で日本での居場所を失ってしまった。

そうして日本を離れ、ヨーロッパで経済学者として成功していた玉泉のもとで働くことになった。

すぐに講師として働くのは無理だが、秘書としてなら大丈夫だということだったので。

フランスに留学経験のある母親の影響から、英語よりもフランス語が得意だったことと、玉泉が風評を気にしない性格だということが幸《さいわ》いしたのだろう。

それから一年。

このまま秘書として引き続き契約してもらえたら、とりあえずここで暮らしていくことは可能だ。

一番の望みは教授会で玉泉の推薦をうけ、講師としてこの大学で採用してもらうこと。

そうなれば、昔のようにとはいかなくても、大学の職員ということで各保険や労働ビザがおりやすくなり、最低限の生活が保証される。

精神的におちつくと、先日のようにカジノに行って憂《う》さを晴らすこともなくなるだろう。

これだという……たしかなものが得られたら――。

尤《もっと》も、この大学の教授のなかには日本での自分の醜聞《しゅうぶん》を知っている者もいる。

もし面接時に落とされ、玉泉からも必要ないと言われ、こちらでの仕事が見つからなければ……種々の問題からやむをえず帰国することになるかもしれない。

――帰国……。

あの国には、もう自分の居場所はない。経済学界からは閉めだされたも同然で、実家からも『二度と有本の家の敷居《しきい》を跨《また》ぐな』と言われている。

帰国して、また好奇の目で見られたら……。

日本のことを思いだしたとたん、ふいに胃に痛みが疾《はし》った。

「……っ」

胃の奥が軋《きし》むのを感じ、淑貴は中庭の回廊《かいろう》に手をついた。

いつもの一過性《いっかせい》の胃痛だ。五分もがまんすればすぐに治まる。

「大丈夫。この一年間、がんばってきた。それを信じればいい。講師に採用されなくても、玉泉教授はきっと来期も秘書として雇い続けてくれるはずだ」

淑貴は自分を鼓舞《こぶ》するように言った。

いつも彼は自分の仕事ぶりを誉めている。自分も一生懸命《けんめい》働いてきた。それを信じてすがるしかない。

何度も内心でそう呟いているうちに少しずつ胃痛が治まり、淑貴は経済学部棟への道を進んだ。

しんと冷えた石造りの建物に入り、一階の一番奥にある玉泉の部屋へとむかう。

ヨーロッパには一線で活躍する日本人の学者は多い。

なかでも玉泉は特に高名で、この夏、四年に一度、経済学界で最高の名誉といわれているランベール財団賞を授賞するのではないかともいわれるほどだ。

「――おはようございます、教授」

部屋に行くと、タバコの煙で真っ白な空間の中央――散乱した蔵書《ぞうしょ》の谷間で、玉泉教授がなにやら封筒の整理をしていた。

口には咥《くわ》えタバコ。銘柄《めいがら》は教授のお気に入り、赤のフォルトゥナだ。

「よかった。淑貴、待ってたんだよ」

窓からの午前の陽射しを受け、玉泉がはずんだ声をあげて立ちあがる。

襟足《えりあし》はすっきりしているが、前髪だけは無駄に伸ばしたぼさぼさの髪。

日本人というよりは南アジアの男性といったほうが納得できるような浅黒い肌にあごの無精《ぶしょう》ひげ。

一見、体育会系に見えるが、これでも切れ者の経済学者だ。

ただし経済学以外に何も興味のない、独身の変態学者だが。

「待ってたというのは？」

悪い予感が胸を駆けぬける。案《あん》の定《じょう》、玉泉は手をあわせてすがるような仕草を見せた。

「助けて欲しいんだ」

「まさか、玉泉教授……また……例の」

「すまないね」

軽くウインクした玉泉に、淑貴は眉間《みけん》にしわを刻む。

「またやってしまったわけですね？」

「ああ、きみは察しがよくて助かるよ」

だらしなく伸びた前髪をかきあげてタバコを灰皿で圧《お》し消すと、玉泉は巧笑《こうしょう》を見せた。

「今夜、このパーティに出席して欲しいんだ」

封筒の束から一通ぬきとり、玉泉がぽんとそれをこちらに投げる。

手もとに飛んできたカードをつかみ、淑貴は肩で息をついた。

パーティの招待状だ。封筒の表には、玉泉の名が金文字で記されている。

「これは……どちらからの？」

「モナコの貴族からだ。だが、今夜はインド大使主催のビジネスディナーに出席したいんだよね」

笑顔で言うと、教授は次のタバコを口に運んだ。

「ようするにダブルブッキングしてしまったわけですね」

淑貴はあきれたようにためいきをついた。

「インドから天才数学者がきているんだ。どうしても彼と話がしたくて。だけど、モナコの貴族からの誘いを断るわけにもいかないだろう？　彼はここの大学に出資《しゅっし》しているんだから」

「もしかして……スポンサーのパーティですか」

「ああ、ランベール家でのパーティだ」

からりと明るく笑って言う玉泉に淑貴は脱力しそうになった。

「それは、まさかランベール財団賞の？」

「ああ、そうだ」

ランベール財団を主宰するランベール家は、かつてのオナシスやロスチャイルド家に匹敵すると言われている大富豪だ。

しかも、多くの王室の血を汲《く》む由緒《ゆいしょ》正しい貴族――。

「無理です、私が代理で出席するのは。教授は次のランベール賞の候補とささやかれているんですよ。こちらのパーティこそ、教授ご自身に参加していただかないと」

くらくらしそうになるのをこらえながら、淑貴は教授を説得しようと冷静に言った。

「大丈夫大丈夫、形式的に出席をしておけばいいだけだから」

「そんな……」

「大きなパーティのようだし、とりあえず、うちの関係者がランベール家のパーティに顔をだしておくということが大事だから、だれが行っても同じだよ」

明るく笑う教授に、淑貴は内心でためいきをついた。

「……教授、先日もダブルブッキングをして日本の経済産業省からの視察団を怒らせたばかりじゃないですか。私がきちんとスケジュール管理をしているのに勝手にオファーを受けないでください。これでは秘書としての管理能力が問われます」

淑貴は責めるように言った。

「仕方ないよ、今回は急にインドから数学者のスリヤくんがくることになったんだ」

「……お知り合いなんですか？」

「いや、彼の著書でその華麗なる数学理論を目にしてから、今日で千五百六十二日だが、まだ一度もご尊顔《そんがん》を拝んだことはないんだ」

深く訊くのはやめよう。

確率の話題になってうっかり蘊蓄《うんちく》が始まったら半日は止まらない。

「わかりました。では、私はこの地図に記されているようにモナコの海沿いの屋敷にむかいます」

淑貴は胸ポケットに招待状をしまった。

「ああ、たのむよ。きみに代理をたのむのもこれが最後になるから」

「――最後？」

ということは、自分をクビに――――？

胃が痛みそうな気配を感じ、淑貴は知らず手のひらを腹部にあてていた。

その仕草を横目で見たあと、玉泉がやれやれと苦笑いを見せる。

「つくづく心配性だな、淑貴は。大丈夫だよ、きみには、べつの仕事をたのむつもりだから」

「べつの？」

「そうだ」

新しいタバコに火をつけ、玉泉は大きく煙を吸いこんだ。

「ここの大学さ、短期集中セミナーというかたちで、社会人のための経済学ゼミナールを行っているだろう？　あれを手伝って欲しいんだ」

玉泉の返事に、淑貴は、ああ、と、うなずいた。

それは社会人用のビジネススクールのようなものだ。一カ月ごとにテーマを変え、少人数制のゼミナール形式で講義を行っている。

「六月の講義内容はきみの専門の企業経済学だ。せっかくだから、ぼくの代理として講師をつとめてみないか。ぼくが監修するという条件で、大学側からの許可ももらってる」

「代理の講師……ですか？」

淑貴は目を大きく見ひらいた。

「ああ、一カ月だけの講師というかたちになるが、しばらく論文や学会の準備でぼくが忙しくなるから、きみの手を借りたいんだよね」

臨時というかたちでも講師の仕事ができるのはうれしい。

しかし同時に、はたして自分に玉泉の代理がつとまるのだろうかという不安もこみあげてくる。

「どうした、ワークショップでは不満か？」

眉をひそめた玉泉に、淑貴はあわててかぶりをふる。

「とんでもない、光栄です。…ただ私などにつとまるのか不安になっただけで」

とっさに笑みを作って言った淑貴に、玉泉が苦笑を漏らす。

「きみは自分を過小評価しすぎだ。もう少し自信をもて。あの事件がなければ、日本の経済学界ではトップクラスのエリートだったくせに」

玉泉は、事件のおおまかな経緯《けいい》を知っている。自分がどれほど恥ずかしいレッテルを貼られ、日本を離れることになったのかを。

「昔はたしかに恵まれた場所にいましたが、過去は過去、失ったものはとりもどせません。だから、ひとつひとつ実績を積みかさねていく覚悟です」

淑貴はきっぱりと言った。

一度、エリート街道から外れた身。今さら、栄達《えいたつ》は望んでいない。

ただ、とりもどしたいものがあるとしたら、それは学者としての情熱。

あの事件以来、淑貴は研究への熱意をなくし、論文が書けなくなってしまったのだ。

テーマをさがし、研究に没頭《ぼっとう》しようとしても事件を思いだして。

自分は地位も名誉も失った、がんばったところでもうだめだから……と、思考がマイナスの方向に流れ始めると、経済学の本を見るのも耐えられなくなって。

もっとも最近ではそのことにも少しずつあきらめがつき、このままでもいいと思えるようになってきた。

ただ静かに、だれにも迷惑をかけずにひっそりと暮らしていくことさえできれば。

「淑貴、秘書の仕事はゼミ生に手伝わせるので、きみはワークショップの準備を始めろ。フランス人は自己主張も強いし、理解できないことがあると徹底的に質問してくる。ましてや社会人で、向学心のある生徒ばかりだ。うまくコミュニケーションをとるように」

「は、はい」

「きみはフランス語も堪能だし、経済学を教える分には問題ないだろう。ここで評判がよければ、講師への本採用の道もひらける。心してとりくんでくれ」

玉泉の口調に逆に不安がこみあげてくる。

では、これに失敗したら、講師として採用されることはない……ということ。

「……私に……できるでしょうか」

かぼそい声で問いかけた淑貴に、玉泉はタバコの煙を吐きだしながら傲然《ごうぜん》と答えた。

「できないようじゃ、ヨーロッパでは成功しないよ。うまくいかなかったときは、自分の力不足だと思ってすっぱり学者の道は捨てろ」

つまりそれくらいの覚悟でとりくめということ。

「まあ、きみの場合は学者としての能力よりも、外国人とのコミュニケーション能力が問題だろうな。正直、外国人が苦手だろ?」

「いえ、べつに苦手というわけではないんです。区別がつきにくいだけで」

淑貴の言葉に、玉泉がやれやれとためいきをつく。

「そもそもきみはぼく以外の人間とは目をあわせないし、話をしようともしない。だから顔もおぼえられない。職員や学生がよくなげいているぞ。大学ではあいさつしてくれるのに、一歩外にでたらツンとすましていて、街で会っても無視されるって」

「……すみません」

外国人の名前と顔がおぼえにくいという以前に、日本でのことがあるので他人とは必要以上に親しくしないようにと構えてしまうところがあるのだが。

「クールな雰囲気のオリエンタルビューティとして人気があるのにもったいないよ」

「それは単に私のような日本人がめずらしいだけで…」

「めずらしくても何でもいいじゃないか。せっかくコート・ダジュールに一年も住んでるんだから、もっと人生を楽しみなさい。このあたりでは、恋多き男が仕事もできる男と言われるんだ。きみも気に入った相手とどんどん遊んでみるのもいいんじゃないか」

タバコを口に咥えたまま、玉泉は人が悪そうな笑みをうかべた。

「そ、そうですね。では、これから私は図書館でゼミの準備をしてきます。今日は午後から図書館が閉まってしまいますから」

恋愛の話は苦手だ。適当にあいづちを打ってごまかし、淑貴は玉泉の部屋をあとにした。

——人生を楽しむ……か。

どんどん遊べるような人間なら、日本であんな失敗はしなかっただろう。

中庭に面した回廊に立ち、淑貴は柱に頭をあずけた。

『有本くん、日本の経済学界に、もうきみのいる場所はないんだよ』

たった一度の過《あやま》ちだった。

だが、そのミスが淑貴から地位も職も社会的信用も奪ってしまった。

残ったのは汚名と醜聞。

そして冷ややかなまわりの視線。自分を嘲笑《あざわら》う声。恥ずかしい助教授、情けない学者、みっともない男という目で見られ続けた。

「もう……二度とごめんだ、あんなのは」

また胃が痛むのを感じ、淑貴は腹部に手をあてた。

あのことさえなければ、今ごろは大学で教鞭をとり、論文を書き、学会にでて……とせわしなく働いていただろう。

もう少しで東京郊外に小さなマンションを購入するくらいの蓄《たくわ》えもあった。

『有本くん、そろそろ身を固めたらどうだね。海外での学会も多いことだし、いつまでも独り身でいるのはあまりためにならないよ』

そんなふうに言われ、助教授に昇格したころ、三宅哲治《みやけてつじ》という大学院生が近づいてきた。

彼は自分の直接の生徒ではなかった。

自分とは対立する教授の門下生《もんかせい》だったのでそれまで親しくすることはなかった。

しかしたまたま一緒になった学会で、ふたりが同じような学者一家の息子ということがわかり、それ以来、彼はこっそりとこちらのゼミ室を訪ね、将来の相談をするようになった。

『淑貴先生、おれん家《ち》は両親も兄も法学部の教授で、ひとりだけ、反対を押し切って経済学にまわってきたから、何とか学者として結果をださないと、家族のなかで立場がないんだよね』

整った容姿、眼鏡《めがね》がクールな知性をさらに印象づけるような風貌をしていたが、実は気さくで明るくて、テニスが得意で、大学でも多くの学生から慕《した》われていた。

しかし心の奥にはいつもそうした悩みをかかえていた。

『先生のそばにいるとホッとするんだよね。かっこつけなくてもいいっていうか、優等生の顔を見せなくてもいいから』

そう言って淋しそうな顔で自分のゼミ室を訪ね、窓際の長椅子に座って猫のようにくつろぎながら、心の内側をさらけだしてくる彼を見るうちに、いつしか愛《いと》しさを感じるようになっていった。

相手は、対立派閥《はばつ》のゼミ生だ。

それぞれの派閥の教授が、年末の学長選挙にでることが決まっている。

そんなときにふたりが親しくしていることが知られたらと思うと、彼の将来に疵《きず》がつく可能性もある。

生まれて初めての恋だったが、離れるしかない。

どんなに彼が愛しくてもゼミ室にやってくるのも止めなければ。

そんなふうに思ったものの、まっすぐな目で自分を慕ってくる彼を突き放すことができず、自分もまた、少しでも彼といたくて……。

それでも年末の学長選の話題がささやかれるようになったころ、淑貴は思いきって彼に、「来春、大学院を卒業するまで自分のゼミ室にはくるな」と言おうと決意した。

しかしその夜だった。彼から好きだと言われたのは。

『先生が好き。おれ、先生がいれば家族なんてどうでもいい』

そのままたくましい腕に骨が砕けそうになるほど抱きしめられ、彼から強く思われていることを実感して恍惚としそうになったが、すぐに自分たちの立場を思いだした。

『だめだ、三宅くん……待ってくれ。ここはゼミ室で……』

『先生、おれのこと……嫌い？』

知らず流れでた淑貴の涙に気づき、三宅が不安げに訊いてきた。だから正直に答えた。

『ううん、うれしくて。私もきみが好きだよ』

『だったら、拒《こば》まないで』

『でも、今はだめだ。きみは生徒で私は講師なんだよ。きみが大学院を卒業するまではなにもできない。それだけはわかってくれ』

『じゃあ、約束して。無事に博士号がとれたとき、先生、おれの恋人になるって』

『あ、ああ、きみさえよければ……。でも、本当に私でいいのか？　きみよりも年上だし、何の取り柄もないつまらない男だよ』

『先生がいいんだ。これは約束だよ』

そう言われ、顔が近づいてきたとき、驚きのあまりとっさに唇をずらした。肩をすくめ、知らず身震いしている淑貴の様子に気づくものがあったのか、三宅はたしかめるように訊いてきた。

『先生……まさか、キス、知らない？』

図星だということを知られたくなくて淑貴は唇を噛んでうつむいた。しかしそれが彼に確証を与えてしまったらしく。

『先生、本当にキスも知らないわけ？　だって……もう三十路《みそじ》だろう？』

そのときの三宅のあまりに意外そうな様子に、急に申しわけなくなってきた。彼を不快にさせ、嫌われてしまうのではないかと思うと。

『……ごめん、本当に経済学以外、なにも知らない男なんだよ、私は』

『まさか、これまで……だれともつきあったことないの？』

『……ごめん』

『いいよ、謝らなくて。理系の学者とかにはそういうひとも多いって聞くし。……大丈夫だよ、おれが教えてあげる。おれが先生に全部教えてあげるから』

バカにされたのかもしれないと思ったが、そう言ってもらえてホッとした。

あのころは、本当に初めての恋に夢中だった。幸せで。満たされていて。

彼が大学院を卒業したら正式につきあう約束をして、その日を楽しみに指折り数えて。

自分も大好きだった。彼のことが。男であろうと生徒であろうと関係なく。

——それなのに……あんなことになって。

ただ一度の恋、実りを結ぶ前にあっさり砕け散ってしまった遅い初恋の代償《だいしょう》は、エリート街道を進んでいた淑貴の学者としての人生を崩壊させるものだった。

あれは学長選挙が間近になったころだ。

年末の経済誌に載った彼の論文を見て蒼白になったのは。

それは自分が年明け号の掲載用に寄稿《きこう》した論文と、ほとんど同じ内容のものだった。

このまま掲載されてしまったら自分が盗作したことになる。

そう思ってあわてて掲載を中止してもらったが、三宅に事実を問いただす前に、学部内の教授会でそれが問題になってしまった。

『有本くん、残念だったよ。きみが盗作をするなんて。しかも、その生徒に手をだしていたそうじゃないか。三宅くんの担当教授がきみのセクハラについて、私に言及してきたぞ』

『私がセクハラ？　バカな……。違います、私は断じてそんなことは』

言いわけをしてもうわさが消えることはなく、気がつけば、自分は優秀な後輩にセクハラして論文を盗もうとした助教授というレッテルを貼られていた。

何度か三宅の携帯に電話をしたけれど、いつも留守録ばかりで。

しかたなく家に訪ねて行ったことが原因で、三宅の両親からストーカーとして訴えられ、民事訴訟《みんじそしょう》のほうで、慰謝料《いしゃりょう》を支払うように命令される始末。

やがてマスコミにもとりあげられ、盗作した挙げ句に男子生徒に手をだそうとした恥ずかしい助教授として週刊誌におもしろおかしく書き立てられてしまった。

——どうして……こんなことに。

三宅はアメリカのエール大学に留学することが決定し、淑貴は懲戒免職《ちょうかいめんしょく》を言い渡された。

『きみは、罠《わな》にかかったんだよ。残念だが、ここまで問題が大きくなると私でも庇《かば》いきれない。それでなくても、きみのせいで学長選に落ちたんだからね』

学長選に絡む罠。

三宅は対立派閥の教授から送りこまれたスパイだったのだ。

エール大学への推薦入学を条件に自分を失脚《しっきゃく》させ、学長選でむこうの派閥が優位になるように仕組まれた罠。

好きだという言葉も切なげな眸もすべてが……嘘《うそ》——。

自分は派閥争いと三宅の出世に利用されたのだ。

そうはっきりと実感したときはもう嗤《わら》うしかなかった。自分の浅はかさ、おろかさを。

対立派閥のゼミの生徒を部屋に招き入れ、少し甘い言葉をかけられたくらいで夢中になった。

何度も自《みずか》ら命を絶とうとしたが、家族のことを考えるとできず。

どこか遠くに行きたい、どこでもいいから好奇の目で見られない場所に……と考えていたとき、ふとつけたテレビでモナコの特集をしていた。

グラン・カジノで夢のような時間を楽しむセレブたち。世のなかにはああいうひともいる……。

そう思うと無性に哀しくなり、あんな風に、ほんの一時だけ刹那的に過ごしてから、すべてを精算してもいいんじゃないか——という投げやりな気持ちになり、淑貴は日本の荷物を整理し、ふらふらと身ひとつでニースにむかった。

そのとき、ミラノからニースへの乗り換えでたまたま同じ飛行機便に玉泉が乗りあわせ、『きみ、もしかしてC大学の有本くんじゃないのか』と声をかけられたのだ。

彼とは、一昨年のオーストラリアでの学会で一緒になって顔見知りだった。

ちょうど経済学に理解のある秘書をさがしていた彼のところで、フランス語が少しできるという理由から働くことになって一年。

ここでの生活には慣れたが、今もまだ玉泉以外の人間と接するのが怖い。

ましてや恋愛などとんでもない。

他人を好きになったり、他人と関わったりするのが怖くて怖くてどうしようもないのだ。

もちろん自分も人間だ。またたれかを好きになってみたいと思うときもある。世界中から観光客が集まる華やかなリゾート地に一年も住み、幸せそうな家族連れやカップルを見ていると、ふと胸に冷たい風が駆けぬけ、ああ、自分はひとりなんだ……と実感して、淋しさのあまり涙ぐんでしまうことも多い。

ぼんやりと街を歩いているときに東洋趣味のあるフランス人男性から誘いをうけることもあり、ふらりとついていきたい衝動を感じることもある。

自分でもいいと言ってくれる相手なら少しくらい話をしてもいいのではないか。そうすれば友達くらいはできるだろう。そうは思うのだが。

——でも。自分は臆病な人間だ。それすらも勇気がもてない。

個人的な人間関係に踏みこむことが怖くて、どこを歩くときもうつむいてしまう。

しかしそろそろ踏みださないと。また講師への道もひらけそうになっているのだから、生徒とはうまくやっていかなければならない。そう、今度こそ——。

淑貴は中庭をぬけ、図書館への道を急いだ。

どこからともなく講義の声が聞こえてくる正午前の中庭。

こうした静けさに包まれていると気持ちがおちついてくる。以前のような栄達はのぞめなくても、こんなふうに静かに暮らせる場所があるだけで幸せかもしれない。

光と風と色彩にあふれた南欧の美しい庭には人っ子ひとりいない。

ただ噴水の水が陽射しを照らしながら水滴の稜線を広げているだけだった。

2　仮面舞踏会

その日の夕刻、淑貴は車に乗ってモナコへとむかった。

コート・ダジュールの海岸線が夕陽に映えて美しい。

ビーチは太陽を求めてやってきた観光客で活気にあふれている。

ニースからモナコまでは車で数十分の距離だ。

美しい海岸線を飛ばし、入りくんだ鍾乳洞《しょうにゅうどう》のようなトンネルの外にでると、目にもまばゆい世界が待ち受けている。

ニースからモナコに行くときの、トンネルをぬける瞬間がとても好きだ。

そこから先に広がる世界があまりにも現実離れしているせいで、自分もまた現実とは違う世界に迷いこんだように眩惑《げんわく》されて。

といっても、今日は私用できているのではない。

教授の代理で例のパーティへとむかう途中。

ランベール一族の館《やかた》は、海辺の断崖《だんがい》の先にあり、カジノとはべつの場所にある。

港をはさんだむこうのほうにカジノのあるモンテカルロ地区。

いつものように灼爍《しゃくしゃく》とライトアップされている夜景が目に眩しい。

急峻《きゅうしゅん》な岩山が連なる土地に建ちならぶ宮殿のような建物やベル・エポック調の建物が、宵闇に浮かびあがって見える姿はまるで幻想的な宝冠《ほうかん》が煌《きら》めいているようだ。

「――どうぞこちらへ」

建物のなかに入ると、招待状をたしかめた使用人が奥へと案内してくれた。

金色の螺旋《らせん》階段、大理石の部屋、純白のグランドピアノ。部屋の四隅に置かれているのは、漆塗《うるしぬ》りの蒔絵《まきえ》が施されたキャビネット。黄金の刺繍《ししゅう》に彩られた錦織《にしきおり》のカーテン。

「え……」

ゲートをくぐって淑貴はかすかに眉をひそめた。

今夜の趣向だろうか、金ボタンのついた白い制服を着た使用人たちは、男性も女性も蝶《ちょう》を模《も》した不思議な雰囲気の仮面で顔全体をかくしていた。

次々となかに入っていく招待客たちもすべてがそうだ。

ヴェネツィアのカーニバルさながらに、タキシード姿の紳士やカクテルドレスの婦人が多種多様な仮面をつけて顔をかくし、薄闇の廊下のむこうに吸いこまれていく。

瑞々しいレモンの鉢植え。赤と白の薔薇。

金細工の装飾に深い陰影を刻み、妖しく揺らめく蠟燭《ろうそく》の焔《ほのお》。

残映のなかで人工の光をさざめかせていた壮麗《そうれい》で華やかなモナコの夜景から一転し、それは唐突《とうとつ》に目の前にあらわれた頽廃《たいはい》の薫香《くんこう》ただよう妖美な光景だった。

――こんなパーティに教授が招待されていたなんて……。

淑貴は呆然と目をみはった。

学者が参加するようなパーティには感じられないが、宮殿のように広い屋敷内でのこと、もしかすると自分はべつのパーティのほうに案内されたのかもしれない。

その昔、英国大使館のビジネスディナーに顔をだしたときも、大広間では芸術家を招いての音楽会、小さな広間で学者たちの食事会が行われていたことがある。

深紅《しんく》の絨毯《じゅうたん》の敷かれた螺旋状の階段を導かれるままに降りていく。

ステンドグラスの嵌めこまれた窓のむこうは断崖らしい。潮の音がかすかに耳に響く。

「すみませんが……」

淑貴は前を進む使用人に声をかけた。

「あの、私は玉泉という経済学者の代理でご当主のランベール氏のパーティにやってきたのですが、本当にここでよろしいんでしょうか」

「今からウェイティングバーにご案内しますので、そちらの使用人におたしかめください」

私は案内するだけで事務的な係ではありませんので、と淡々とした声がかえってきた。

——しかたない、ついていくか。

廊下を進むにつれ、明度が低くなって秘密めいた雰囲気が漂うようになっていった。

本当にここでいいのだろうか。

不安になりながらも案内されるまま、淑貴はウェイティングバーへと足を進めかけたが。

「お待ちくださいませ。ここからはお通しできません」

奥にいた使用人が緋色《ひいろ》の分厚いカーテンの前で淑貴を止めた。

「……え」

「ここからは仮面をつけていただかないと入ることはできません。どうぞそちらの控え室でご用意なさってください」

使用人は淑貴に隣室に行くよう指示した。

「仮面？　私も仮面をつけるのですか？」

目をぱちくりさせた淑貴に、使用人は当然といった感じで告げる。

「ドレスコードと仮面の持参は招待状に記されているはずですが」

そんな話は聞いていない。

あわてて淑貴は招待状を確認した。

しかしそこには会場への地図と時間が記されているだけで、仮面についてはなにも書かれていない。

「あの、もしかして同じ邸内のべつのパーティにまちがえてきてしまったのかもしれませんので、たしかめていただけないでしょうか」

「いえ、当家では、今夜は仮面舞踏会以外はひらかれていません」

使用人の言葉に淑貴は困惑した。仮面舞踏会など、教授からは聞いていない。

——どうして……。

淑貴はズボンのポケットから携帯電話をとりだした。しかし確認しようにも、教授は今ごろインド大使主催のビジネスディナーに出席中。電源を切っているだろう。

「お客さま、仮面のご準備を」

「あの、もってなくて。……とりあえず当主にあいさつだけでもできないでしょうか」

携帯をつかんだまま、淑貴は焦《あせ》って尋ねた。

そうだ、当主にあいさつだけすませて帰ればいいのだ。

来期の支援をたのみ、仮面をもっていないので失礼します、と丁重《ていちょう》に告げて。

「それはマナー違反にあたります。当家の仮面舞踏会には、ヨーロッパの社交界でも信頼のできる選びぬかれたお客さま以外、ご招待しておりません。そのうえで参加者全員が身分や立場を隠し、ひとときの自由を楽しむ場所ですので、素顔の方はだれひとりお通しできません」

それなら、なおさら自分には不似合いな場所だ。

玉泉がヨーロッパの社交界でどのような扱いをされているのかは知らないが、一介《いっかい》のバイトでしかない自分がそこに参加することなどもってのほかだ。

「では……私はもう失礼することにします」

とりあえず顔はだした。もともと代理だし、玉泉も顔をだせばそれでいいと言っていたことだし。

「お客さま、お望みの仮面がございましたら、当方で用意いたしますが」

踵《きびす》をかえそうとした淑貴に使用人がそう言ったとき、後ろから低い男の声が聞こえてきた。

フランス語ではなく、英国のそれとわかる洗練された英語で。

「私のをお貸ししよう」

ふりむくと、タキシード姿の長身の男が立っていた。

顔の上半分を黒い仮面で隠し、背中まで伸びたさらりとした金髪を無造作に後ろで結んでいる。

どこかの王族ゆかりの貴族……だろうか。そんな印象をいだかせる男性だった。

「侯爵《こうしゃく》……」

使用人が驚いた顔で呟く。

すると男はすっと使用人の唇を人さし指で押さえた。

「今日は身分をかくす約束だろう？」

そう言ってほほえむ口もとの上品さ。

肩にかかった金髪をそっと後ろに流す指づかいの優艶《ゆうえん》なこと。

侯爵という身分は本物なのだろう。

あたりの明るさが乏《とぼ》しく、さらに仮面をつけているのでその風貌《ふうぼう》ははっきりとわからない。

けれどエメラルドグリーンに煌めく双眸、気位の高そうな鼻梁やあごのラインの美しさから、貴顕《きけん》に属する人間特有の優雅さがにじみでていた。

「簡素《かんそ》な黒いものしかありませんが、それでもよろしいでしょうか？」

男は淑貴には相変わらず英語で話しかけてきた。

低く抑揚のあるおちついた声。非常にわかりやすい文法。

燭台《しょくだい》の焔が男の双眸をオレンジがかったグリーンに染めている。

「ええ、でも」

今夜のパーティが仮面舞踏会なら最初からこなかった。身分をかくすパーティに自分が参加したところで、教授のためになにかいいことができるわけでもない。

当主にあいさつできないのなら、早々《そうそう》に帰るべきではないだろうか。

「私はもともと代理できただけですから、お言葉はありがたいのですが帰ります」

背をむけかけた淑貴の肩に男が手をかける。

「待ちなさい。せっかくなんだ、楽しんでいきなさい。お客人はひとりでも多いほうが楽しい」

「でも……私には場違いな場所ですから」

「場違いな人間などいませんよ。仮面をつけたあとはすべての人間が平等です。あなたも一夜だけでも身分や立場を忘れてみたいと思ったことくらいありませんか。べつの自分になりたい、と」

甘くささやくような声に、どきりとした。

身分や立場を忘れて……べつの自分になる。何という甘美な誘惑だろう。

しかし表情にはださず、淑貴は静かにかえした。

「仮面などつけて……なにかいいことでもあるんですか」

「それを判断するのはあなたご自身です。ここは、ふだんの責任や抑圧から解放されたい人間が現実の自分を捨て、賭け事やダンス、食事、恋愛ゲームに興じながら一夜の自由を味わうための場所ですから」

彼の言葉に、好奇心がくすぐられた。

「参加しますか？」

問いかけられ、淑貴は小さく微笑する。

「え、ええ、見学してみるだけでも楽しそうですね」

もともと正式な招待客ではない。教授の代理できただけ。

自分が欧州貴族たちの刹那的なパーティに参加してどうなるものではない。けれど。

「日常が忘れられるんですね」

少しだけのぞいてみたかった。五分か十分だけでもいい。仮面をつけたときにまわりがどんなふうに見えてくるのか——それが知りたい。

「忘れられるときもあれば、ふだんとは違う自分を知ることで、それまでに気づかなかった本当の自分が見えてくることもある」

壁にかけられたほのかな燭台の火影《ほかげ》が男の端麗《たんれい》な横顔を照らし、仮面から見える美しい双眸が翡翠《ひすい》のように煌めいている。

その妖艶《ようえん》な眸の輝きが、未知のものを知りたいというこちらの好奇心を甘く刺激してくる。

学者として何の憂《うれ》いもなかったころ、ひとつのテーマにむかって研究に没頭していたときのわくわくした悦びとどこか似た胸の昂揚を思いだす。

知らなかったものを知り、自分でさがしていくという探究心。

淑貴は小さく息を吸い、まっすぐ男を見あげた。

「では、お手数ですが、仮面をお貸しいただけますか」

「ええ」

侯爵は笑みを見せると、柱の陰にいた長身の男を手で招いた。

「この東洋のお客人に仮面の用意を」

侯爵が慇懃《いんぎん》に命じると、男はうやうやしく答えた。

「承知いたしました。……では、あなたさまはどうぞこちらへ」

いいのだろうか、本当に参加しても、と思う半面、べつの自分が内心で語りかけてくる。

大丈夫、少し、のぞいてみるだけだ。自分にかぎって深入りすることはない。

そう、少しだけ現実の自分から離れ、別世界を垣間《かいま》見たいだけ。

緊張しながら導かれるまま真紅の絨毯が敷かれた薄暗い小部屋に入る。

薔薇の噎《む》せそうなほどの強い香り。

突きでた小窓にはマリア像。その像の足もとに赤い蠟燭がならべられ、さながら祭壇のようだ。

そんな小さな部屋の中央の椅子に座らされ、使用人が淑貴に仮面をつけようとしたそのとき、先ほどの侯爵がその手を止めた。

「待ちなさい」

侯爵の指が淑貴のうなじに伸びる。襟足の髪をかきわけられたかと思うと、皮膚《ひふ》の感触をたしかめるようにふれられ、背筋がぞくりとした。

「あの……」

首をすくめ、淑貴はとまどいがちにふりあおいだ。

「ご安心を。あなたの髪が少し伸びているのが気になっただけです」

「……はあ」

パーティの客としてふさわしくないということだろうか。

不安になって上目づかいで見あげると、心配しなくても大丈夫だと伝えるかのように、侯爵は軽くうなずき、目を細めてほほえんだ。

窓から流れこむ風が蠟燭を揺らし、すらりとした長身の肢体にまとった彼の漆黒のタキシードに淡い焔が照り映えている。

そうして侯爵は淑貴のあごやうなじにふれたあと、使用人に命令した。

「このお客人の襟足を整えなさい」

「整えって……あの……」

いきなりのことに驚き、淑貴は椅子から立ちあがりそうになった。その肩を手で止め、おだやかな声で侯爵が説きつける。

「いいから、私にまかせて。あなたを綺麗にしたいだけですから」

侯爵は使用人に目で合図を送った。するとすかさず彼が鋏《はさみ》をもってくる。

「軽く毛先をそろえさせます。どうか怖がらずに」

「え、ええ」

小さなケープをかけられ、すっと襟足に鋏が入る。

冷たい鋏が首筋の皮膚のそばをゆきかう感触に肌が張り詰める。

全身の毛穴がふさがりそうな緊張だった。知らず呼吸を止めて視線を落とし、うなじから落ちた細い毛先が肩をすべってはらはらと床に落ちていくのを追うしかなかった。

「そのほうがずっとお綺麗ですよ。さあ、マスクを」

男からの合図をうけ、使用人が淑貴に黒いマスクを用意した。

「では、お客さま、失礼を」

一瞬、視界がさえぎられたかと思うと、顔の上半分が上質な黒い布でおおわれる。

さっき整えられたうなじに冷たい風が吹きぬけているせいか、顔の半分をかくされたせいか心もとなくて落ちつかない。

淑貴はまぶたを閉じた。

動悸《どうき》が緩慢《かんまん》に脈打ち、手のひらには汗がにじんでくる。

顔の上半分を覆《おお》われるというだけで不思議な拘束《こうそく》感があるものだと思った。こんなものをつけるくらいで、本当にべつの自分に変われるのだろうか。

「――さあ、見てごらんなさい」

立ちあがると、等身大のエレガントな金細工の鏡に仮面をつけた自分が映っていた。

おりしも窓から降ってきた月の光が、スポットのように淑貴の頭上から照らしている。

これが自分……だろうか。

たしかに自分ではあるけれど、自分であって自分でないような。

「――お客さまがお呼びですが」

カーテンのむこうから使用人が小声で侯爵を呼ぶ。

「わかった。……では、またあとで。楽しい夜を」

淑貴の肩をぽんとたたき、侯爵が深紅のカーテンのむこうに姿を消していく。

長身の後ろ姿。ふわりと流れる美しい金髪。

残像を追うように彼の消えたほうをじっと見ていると、後ろから使用人が声をかけてきた。

「お客さまはこちらへどうぞ」

「え、ええ、はい。あの今のかたはどういうかたですか?」

「そういうご質問はご本人に」

使用人に薄暗いボールルームへと案内された。

侯爵はどこに消えたのだろう。ホールには噎せかえるような花の匂いがしている。ワルツ……だろうか。

軽やかで華麗な旋律が演奏されている。

淑貴は仮面舞踏会の行われている広間へとむかった。

——本当にここに玉泉教授が招待されていたのだろうか。

著名な画家たちの絵が美術館さながらに飾られ、大理石やブロンズ製の彫刻が並べられている。

天使や聖母、ギリシャ神話のレリーフが刻まれた絢爛豪華な広間。

「すごい……」

仮面をつけた男女、いや、男同士も、女同士もがホールの真ん中で踊っている。

色とりどりの女性のドレスが羽根のように軽く流れ、見ているだけで宙に浮いているようなふわふわとした気分になってきた。

紳士たちの葉巻の煙がくすぶるあたりには大理石のテーブルに豪奢な地中海《ちちゅうかい》料理がならべられ、着飾った男女が小皿を手に談笑している。

仮面をつけた白い制服の使用人たちがその間を縫うように歩いて飲み物を運んでいく。

圧倒されたようにたたずんでいると、金色の仮面をつけた渋い雰囲気の紳士が声をかけてきた。

「おひとりですか?」

いきなり肩に手をかけられ、ぎくりと首をすくめる。

「すみません……あの……」

「仮面をしていてもわかります。綺麗な東洋人だ。どこかのマダムの恋人……ですか?」

「いえ……そうじゃなくて」

「先約がないのなら、私と話をしませんか。港に停泊《ていはく》しているクルーザーにでも降りて」

もしかすると仮面舞踏会というのは、社交界の出会いの場のようなものだろうか。

恋愛ゲームを楽しむような。

「いえ、それはちょっとお断りします……すみません」

淑貴は招待客をかきわけ、廊下にでた。

どこかひとりでゆっくりできるところはないかとあたりを見まわすと、ギリシャ風の彫刻がならべられた暗い廊下のむこうにグラン・カジノさながらの部屋が見えた。

——こんなところにカジノが?

一度でも行ったことがある場所と似たところなら少しは安心できるかもしれないと思い、松明《たいまつ》のように蠟燭が揺らめくなか、淑貴は誘われるようにカードゲームの部屋にむかった。

薄暗い広間では謝肉祭《しゃにくさい》のように動物の仮面をつけたクルーピエがそれぞれのゲーム台で客を相手にしていた。カジノさながらにカードゲームを楽しむ人々。

グラン・カジノと似た内装だが、光度が低いため、それぞれの仮面がぼんやりと浮かびあがって、異世界にまぎれこんだような気がする。

金を賭けている者もいるが、なかには自身を賭けている者もいる。

恋のゲームのように、自分のくどきたい相手と、くどかれる相手が同じゲームで賭けをしているのだ。

ゲームに勝ったほうの言いなりになるというかたちで。

――ブラックジャック……か。グラン・カジノにきた気分になる。

猫の仮面をつけたクルーピエの台の前に立ち、淑貴がふっと口もとに笑みをうかべたそのとき。

「楽しんでいるか？」

ふわりと薔薇の香りがただよったかと思うと、肩に手がかかる。

ふりむくと、先ほど仮面を貸してくれた紳士が立っていた。

「え、ええ」

全身をこわばらせながら淑貴は作り笑いを見せた。

「賭け事は好きか？」

親しげに話しかけられ、少しずつ緊張の糸がゆるむ。

「そういうわけではないんですが、ここはモンテカルロにあるグラン・カジノにそっくりですね」

「ああ、モナコ国籍《こくせき》のランベール侯は直接グラン・カジノで遊べないんだ。しかたなく自宅にカジノを作ったらしい。贅沢《ぜいたく》な男だ」

そうなのか。知らなかった。

「酒は？」

使用人からワイングラスをうけとり、侯爵と呼ばれている男が淑貴にさしだす。

「いえ、けっこうです。車できていますから」

そう口にしたあと、自分はどうして車できたのだろう、と内心で苦笑した。こういうときこそ、ひと晩中、遊び明かせるようにしてくればよかったのに。

「安心しなさい。酔ったときは、使用人をお貸しする。代行で車を運転させればいいし、時間があるのなら、私の隣室に泊まっていきなさい」

渡されたグラスから濃厚なワインの匂いがした。

舌先で軽くグラスを舐《な》めると、溶けるようなまろやかさが口内に広がっていった。初めて口にする上質のワインだった。

「あなたはここに泊まる予定なんですか？」

赤ワインを飲み干し、淑貴は使用人から次のグラスを受けとった。今度はシャンパンだった。

「もちろん。ここには私専用のバンガローもあるからね」

こうしたパーティの場合、昔なじみや賓客《ひんきゃく》には宿泊施設が用意されていると聞いたことがある。

「こちらのご当主のランベール氏とはお知りあいなんですか」

「ああ、だからここにいるんじゃないか。それよりもどうだ、見学しているだけでは、つまらないだろう。私と賭けてみないか」

侯爵は親指を立て、くいとテーブルを指さした。

「でも、私には賭けるだけのお金がありませんので」

爵位のある人間と自分とが賭け事などおかしな話だ。

「きみ自身を賭ければいいんだよ。私が勝ったら、きみが私のものになる」

「え……」

意味がわからず、淑貴は首をかしげた。すっと男の手があごに伸び、顔をのぞきこまれる。

まぶたを震わせ、淑貴は髪のすきまから男を見あげた。

ほの暗い部屋のなか、燭台の光をうけて淡いグリーンに煌めく男の眸は宝石のように美しい。

吸いこまれそうな眸の色に眩惑されたように浅く息を吸ったそのとき。

「きみが欲しい」

低い声で告げられ、どう応えていいかわからず硬直した。

それはつまり……一夜をともにしたいということ――。

「……欲しいと言われても」

とまどいをおぼえ、淑貴は手のなかのシャンパングラスに目線を落とした。じっとこちらを凝視《ぎょうし》する官能的な視線から逃れたつもりだったが、黄金色のシャンパンの表面では、黒いアイマスクにかくされたエメラルドの眸が妖しく揺らめいて淑貴を捉えている。

「私が勝ったらきみは私と褥《しとね》をともにする。きみが勝ったらきみの望みを叶《かな》える。だから」

自分の望み……。

それは講師の仕事を得て、また昔のように論文が書けるようになることだ。胸が熱くなるような研究テーマを見いだし、無我夢中になって没頭していたころのように。

学者として一番大切な情熱。失ってしまったそれをとりもどしたい。

けれど……それは人に叶えてもらえるようなものではない。

自分で克服《こくふく》しなければいけない自身の課題。

「……いいね？　私と試してくれるね？」

「あなたと？」

首をかしげて見あげると、侯爵は口もとに艶《あで》やかな笑みをきざむ。

この男と試す……。顔も名前もなにも知らないこの男性と。

そう思っただけで背筋がぞくりとした。

今さっき、飲み干したワインのせいだろうか。

さほど酔ってはいないはずだが、酩酊《めいてい》したようにその衝動に巻きこまれたいと思うのは、こちらも仮面で顔をかくしているせいだろうか。

自分――という殻《から》をすべてとりのぞき、ふだんなら絶対にやらないようなことをやっても、それは自分がやったことではないようにも思えそうで……。

「どうした、男はだめか」

耳元で男がささやく。透明な金色の液体のなかで男の眸が翡翠のように揺らめき、見ているだけでそこに吸いこまれそうな気がする。

「いえ、多分……大丈夫です」

ぽつりと言った淑貴の返事に、侯爵が目を眇《すが》めて小首をかしげる。

「多分？」

「試したこと……ないから」

ブラックジャックの台を横目で見ながら、淑貴は小声で言った。

「男と寝たことがないってこと？」

淑貴はこくりとうなずいた。

「男は知らないが、試してもいいと思っている？」

「……ええ」

唇の端をあげて斜めに見あげると、ふわりと唇の上をあたたかな空気が駆けぬけていく。ふれるかふれないかで唇を吸われたらしい。

「……まだ……ゲームは始まっていませんよ」

「いや、もう始まっている」

淑貴は眉をよせた。

「こうして黒いマスクをつけ、おたがいに素顔をかくしたそのときからゲームは始まっている」

男の長い指先がすーっと仮面で隠したこめかみにふれ、淑貴は息を呑んだ。

「……っ」

「勝負に勝ったときに、もう一度、唇にふれるよ」

翠の眸に舐めるように横顔を見つめられ、淑貴は睫毛《まつげ》をふるわせた。じかにふれられているわけではないのに、肌が張り詰め、皮膚の下の血がざわめきそうになっている。

「今夜は帰さなくていいね？」

肩をつかむ男の手に力が加わる。こちらの骨まで刺激するように。

「ええ——ただしあなたが勝ったら」

淑貴はそう答えていた。

——大丈夫、彼が勝つことはない。自分が負けるわけがないはずだから。

カウンティングをすれば必ず勝てる。

一度目と二度目の勝負はわざと負け、そのあと三回、続けて勝って……と、何度か勝つと負けるのをくりかえしたあと、最後に八勝七敗というかたちで自分が勝てばいい。

計算どおりに勝つのか。敗北してこの男と一夜をともにするのか。

自分はいったいどちらを望んでいるのか。

それさえもわからないまま一歩踏みだそうとしている。

淑貴は男を見あげ、目を細めてほほえんだ。

「では、ブラックジャックの十五回勝負を…」

「商談成立だな」

口もとに優雅な笑みを刻み、侯爵は近くのクルーピエにカードを配るよう指示した。

一枚一枚かさねられていくカード。

いつもは純粋に美しいと感じるその動きも、それが官能を誘うものだと思うと、今夜ばかりは奇妙なほどなまめかしく見えてしまう。

しかしそんな感覚に浸《ひた》るわけにもいかず、淑貴は侯爵にそれと気づかれぬよう、数をカウントすることに神経を集中した。ぎゅっと手をにぎりしめ、息を殺して。

クルーピエがゆっくりとカードをかさねていくので、カジノにいるときよりもおちついてカウントできる。

パーティ客が会話や食事を楽しみながら遊べるようにという配慮なのだろう。

「――ずいぶん賭け事に慣れてるね。好きなのか？」

残りがあと二ゲームとなったとき、侯爵が尋ねてきた。

「好き……というか、結果のわからないことに挑戦するのは楽しいものじゃないですか」

「そういうものか？」

「一か八かのことって楽しいじゃないですか。勝てばそれでよし。負ければ自分を破壊できる。そういうバクチにはわくわくします」

うそだった。

自分にはバクチをする勇気はない。カードカウンティングという自分が負けない方法で己を守ろうとしている。

石橋を叩いてわたるように、自分はいつも安全な場所に身をおいておきたいのだ……と実感したとたん、ふいに虚《むな》しくなってきた。

いったい自分はなにが欲しくてこんなところにいるのか。確実に勝つことがわかっていながら、相手をだますような賭けに乗ったりして、なにが楽しいというのか。

それとも、本当は心のどこかでこの勝負に負けてしまいたいと思っているのか。自分がどうしたいのかわからないまま、それでもカウンティングがやめられないままゲームは最後をむかえた。

クルーピエがカードをめくったとき、淑貴はほっと胸を撫《な》で下ろした。

「ブラックジャック。私の勝ちです」

淑貴は微笑し、侯爵を見あげた。

「最後の最後まで勝負がわからなくて刺激的だったよ。ありがとう、楽しい時間を過ごせた。で、実際のところ、きみはなにが欲しいんだ？」

優しいひとだと思った。仮面で素顔をかくした者同士の、それが仮初めの心づかいだとわかっていても、自分に示された態度に胸苦しくなりそうだった。

でも、やはり考えられない、この男と自分が一夜をともにするなんて。だからゲームに勝ってよかった。

「私の望みはゲームに勝つことです。なので、もう賞品はいただきました。では、今夜はこれで失礼します。この仮面は記念にもらっていきますね」

これ以上、長居はむだだ。

ゲームをしているときに気づいた。違う自分になりたいと思いながらも、自分は自分でしかないということを。仮面などつけても、なにも変わらないということを。

淑貴はテラスから庭伝いに駐車場にむかおうとした。

そのとき、後ろで声が響いた。

「待ちなさい」

ふりむくと、テラスに侯爵が立っていた。ひんやりとした地中海の夜風が彼の髪を騒がしく乱している。

「きみは勝ってはいない」

けわしいその声に淑貴は息を詰めた。

「勝ったのは私だよ」

「え……」

階段を静かに降りた侯爵は淑貴の前に立ち、低くささやくような声で言った。

「きみはカードをカウンティングしていた」

「……っ」

「不正をしたきみの負けだ」

淑貴はごくりと息を呑んだ。が、しかしすぐに冷笑を見せた。

「さあ……何のことか」

では、失礼します、と去ろうとした腕を後ろからつかまれる。ふりむかされたそのとき、ゆらり、と暗い影が視界を覆う。

「こ……侯……っ」

ほおにキスが降りかかり、突然のことに淑貴はわけがわからず瞠目《どうもく》した。

「約束どおり、今夜……いいな？」

仮面のむこうから緑の眸が顔をのぞきこんでくる。月の光が端麗な男の横顔に降りそそいでいた。

今夜……。どうしよう。謝って許しを乞おうか。

淑貴はうつむき、静かに言った。

「ごめんなさい。どうか約束はなかったことにしてください。私は女性とも男性とも……セックスどころかキスもしたことないんです。だから」

「だから安売りはしたくないというのか？」

「いえ、そうじゃなくて……ただ、そういうわけで、私はあなたを楽しませることができません。それが心苦しくて」

ぽつぽつと告げた淑貴の言葉に、侯爵はさも意外そうにかえしてきた。

「そんなささいなことを気にしているのか、きみは」

「……ささいなことって」

まるでたいしたことではないように言われ、淑貴はとまどいがちに顔をあげた。

暗がりのなか、わずかな月の光をたよりに、怜悧に整った侯爵の顔をじっと見つめる。

仮面をつけて顔の半分をかくした状態でも、このひとが宝石のように綺麗だというのは想像がつく。その上、こうした場所で享楽《きょうらく》的な時間を過ごし慣れている貴族。

ゲームで一夜の相手をさがすようなこの男性には、自分の劣等感など決してわからないだろう。

三宅への恋に破れて以来、他人との接触が怖くなってしまった気持ちなど――。

「では……それでもあなたは私を抱きたい……とおっしゃっているんですね」

淑貴は半ば投げやりに尋ねた。

「いや、抱きたいわけじゃない」

一瞬前までとはうって変わった冷たくも尊大《そんだい》な男の声音に、淑貴は唇をわななかせた。

「…では……あなたはなにを」

お望みなのですか、と問いかけると、男は口角をあげて口もとに艶やかな稜線を描いた。

その意味深な微笑――。

仮面をつけているせいだろうか、彼の笑みがひどく神秘的で蠱惑《こわく》的に見え、一刻ごとに心臓が昂《たかぶ》り、いつしか緩慢に脈打つようになっていた。

「私が望んでいるのは……」

男はすーっと手を伸ばし、淑貴の首筋を指先でなぞった。

「この手で壊してみたいだけだよ、仮面の奥にいるきみを」

ゆっくりと男の指先が喉もとへと落ちていく。その動きに呼びさまされるように、いつしか皮膚が汗ばんでいた。そうして襟のすきまから入りこんだ指先が軽く頸部を圧迫した。

「……っ！」

息を詰め、上目づかいで問いかける。

「……どうして」

「……きみが壊されたがっているから」

首筋にふれていた男の指先にかすかに力が加わる。

「あなたは……そう思うんですか？」

男は淑貴と視線を絡め、静かにうなずく。

その反動でなめらかな金髪の毛先がさらりと彼の肩から淑貴のほおへと流れてきた。なまあたたかな夜風が彼の髪を乱し、絹糸《けんし》のような毛先が首筋を撫でていく。

「だから、きみは今夜仮面をつけたんだよ。自分を壊すために」

そう言って男が唇をふさいできた。

「あ……っ」

今度ははっきりとそれがくちづけだと認識し、とっさに身をよじってのがれようとする。けれど躰を強く抱きこまれ、まるで身動きができない。

「ん……っん……っ」

鼻腔《びくう》をつく甘い薔薇の香り。上等のワインの匂い。

このままどうなるのかと思ったが、侯爵は深いくちづけをするのではなく、音を立て軽くついばむように淑貴の唇を吸っただけだった。

「ん……っ」

他人の唇がふれる感触。出会ったばかりの、見知らぬ男と唇をかさねている。

三十二年間、一度も他人とふれあったことのない自分が。

「待って……」

身をすくませ、淑貴は男の腕からのがれようとした。

「待って……やっぱりこんなこと……知りあったばかりのひとと」

「知らないからこそ、大胆になれるじゃないか。仮面をつけているからこそ、知らない者同士で獣《けもの》のように本能のまま貪《むさぼ》れる」

胸の底で妖しい焰が揺らめくのを感じた。しかしやはり踏みだすには抵抗が残る。

「だめです……私は壊されることなんて……望んでいませんから」

「いや、きみはすべてを壊したいと思っている」

きっぱりと断言され、淑貴は睫毛をふるわせた。

——すべてを壊したい……?

そうなんだろうか。自分は壊したいと思っているのだろうか。

見あげると、妖しい光を帯びた男の双眸と視線が絡む。こちらの心の表皮を剝《は》ぎとり、奥にあるものをじかに見すえるような色だった。

「さあ、どうする?」

低く鼓膜が溶けるような声に金縛《かなしば》りにあったかのごとく、淑貴はまばたきもせず男を仰視《ぎょうし》し続けた。

この男は、今夜知りあったばかりの見知らぬ外国人。

そう思ったとき、ふっと自分の胸に妖しい火が灯るのを感じ、淑貴は対岸で煌めいているモンテカルロ地区の夜景に視線をむけた。

行きかう車、船の流れるような光の線。点滅するヘリコプターの明かり。

ながめているうちに、すーっと現実が遠ざかっていく錯覚をおぼえる。

あのトンネルをぬけるときと同じ感覚だ。

ニースの海岸線を車で飛ばし、鍾乳洞のようなトンネルをくるくるとまわって視界がひらけた場所にきたときと。おとぎの国モナコに足を踏みいれた感覚と。

そう、ここは現実とは乖離《かいり》した世界。

そしてここにいるのは、名前も素性も、仮面で覆われたその素顔すら知らない男。

過去にも未来にも存在しない、刹那の相手。

——それなら……怖くないかもしれない。未来を恐れる必要はないのだから。

なにも知らない者同士のひと晩かぎりの関係だと割りきり、自分の心に入りこませないようにすれば傷つくことはない。

明日からの日常が変わってしまうこともない。

「では……どうぞ」

うつろな声でそう口走ったあと、かすかな身ぶるいをおぼえた。

——では……どうぞ。

どうして自分はこんな答えを口にしたのか。

わからない。……けれど、べつの自分になりたかった。何でもいいから変えたかった。

あの事件以来、一年半近く漂泊《ひょうはく》しているこの日々に変化をつけたかった。たどりつくべき港を見失い、大海原《おおうなばら》をさまよっている難破船《なんぱせん》のような自分の心を。

仮面をつけた今だからこそ、現実を忘れ、べつの自分になれるような気がして。

「……怖いのか？」

こちらのかすかな心の動揺に気づいたのか、男が目を細めて横顔を見下ろしてくる。

「いえ」

怖くはない。ただ、壊されるかもしれないことへの不安と期待が胸中でせめぎあっているだけ。

「いいんだね」

「ええ」

淑貴はうなずき、じっと男を見あげた。そして懇願するように言う。

「その代わり、私のことを……ずっと知らないままでいてくれますか」

このひとは自分のことを知らない。もし永遠に知らないままでいてくれるなら。

「きみの望むままに」

軽く耳朶《じだ》を噛まれ、逃げようとした肩を胸に寄せられ、ほおを手のひらで包みこまれる。

睫毛を食《は》まれ、息が震えた。自分でない自分になりたい。

耳の奥には母の嘆いた声。

『恥ずかしい。あなたの将来に期待していたのに、親族に何と言い訳すればいいのか。高名な数学者のお父さまの品位まで疑われますよ』

姉のあきれたような声。

『よっちゃん、最低。私の学者としての将来をどうしてくれるの』

『淑貴がそんな浅ましい真似をしていたとは。二度と有本の敷居を跨ぐんじゃない。もう顔を見せるな』

敬愛する学者の父に言われたときの、死にたくなるほど哀しかったこと。

違う、自分はそんなことはしていない。と何度、反論してもだめだった。

だれに信じてもらえなくてもいいが、家族にだけは信じて欲しかった。でも……。

利用されるだけ利用され、捨てられただけでなく、日本での人生を踏みにじられてしまった。

初恋だったのに。仕事だって一生懸命やってきたのに。ただひたすら誠実に。

そんな自分がどうしてあんな目に。

——もう、いやだ。

淑貴は男の背に腕をまわしていた。

忘れたい。こんな自分はもういやだ。なにもかも忘れたい。

胸の奥から湧いてくる想いに衝き動かされ、淑貴は男の胸に顔をうずめていた。

「お願い……どうか私を」

意味も考えず、なにかにすがるようにそう口にしていた。

「かわいいひとだ」

男は淑貴の躰を抱きあげると、夜陰《やいん》の庭を通りぬけていった。


「――ここにいる間はすべての現実を忘れなさい」

男の低い声に背筋がふるえる。カーテンを閉め、天窓から月光が差す真っ暗な部屋のベッドの上で侯爵とむかいあうように座って淑貴は身をこわばらせていた。

本当にこんなことをしていいのだろうか。素顔も名前も知らないひとと。

そんな不安に肌を張り詰めさせている淑貴のあごに手をかけ、男が顔を近づけてくる。

「最初はキスを教えてあげよう」

「あ、あの……でも」

首をすくませ、のがれようとする淑貴の肩を抱きこみ、侯爵は唇をよせてきた。

さらりとした彼の金髪が首筋にふれたかと思うと、軽く唇を食まれた。息がふれあい、それだけで心臓が跳ねあがりそうになった。

「だめか？」

「いえ……大丈夫」

淑貴の声はうわずっていた。自分でなにを言っているのかさえわからない。

「さあ、力をぬいて」

言われるままに力をぬこうとしたが、つーっと男の指先がうなじにふれ、びくりと躰を硬直させてしまった。

「怖がらないで。大丈夫、きみを心ゆくまでかわいがりたいだけだから」

熱い吐息《といき》が肌を撫でるのを感じながら、淑貴は小さくうなずく。

「なめらかな皮膚だ。ふれただけで溶けそうなほどの」

侯爵は淑貴の前髪を愛しげに梳《す》きあげ、髪の生《は》え際《ぎわ》にそっと唇を這わせてきた。小さな仔猫をいたわるような唇の優しさに、自分がひどく大切にされているのを感じてまなじりが熱くなる。

三十路にもなってこんなことくらいでなにを喜んでいると自嘲し、息を詰めて彼の次の動きを待つ。

「……っ」

軽く音を立て、愛おしむように皮膚をなぞられ、その唇のあたたかさに溶けそうになっていく。

怖い。でも彼の唇の動きがあまりにおだやかなので、ゆりかごに揺られて眠る子供のように安心してその腕に身をあずけられるように感じる。

皮膚にふれる、優しい呼気のぬくもり。睫毛にキスされ、まぶたを甘く食まれ、大きな腕につつみこまれるように抱きしめられ、いつしか唇をふさがれていた。

「ん……っ」

ほおを手のひらで包まれ、皮膚の感触を味わうように唇を啄《ついば》まれる。

何度も何度も顔の角度を変えて吸われるうちに、緊張がとけ、唇の表面に甘美なぬくもりがじわじわと広がっていった。そうすることが自然だと思え、いつしか淑貴は侯爵の背に腕をまわしていた。

「次はきみから私の唇のなかに入ってきなさい」

緊張しながらうながされるとおりに、唇をひらいて男の口内に舌を差し入れる。するりと舌を巻き取られ、喉の奥が鳴った。

「ん……ん……っ」

舌を絡めあったあと、今度は男の舌が淑貴の口内に入りこんできた。歯をつつかれ、愛撫《あいぶ》をするように粘膜《ねんまく》を刺激され、舌を根もとから搦《から》めとられ、奥深くむさぼられていく。

「ふ……んっ」

強く舌を吸われ、息苦しさに喉の奥が咽《む》せる。唇を吸っては離し、また舌を絡めてはもつれあわせる。呼吸を奪われ、次第に頭がくらくらして恍惚となってきた。

「今のがキスだよ」

唇を離すと、侯爵は淑貴の唇をそっと撫でた。甘かったのか息苦しかったのか、よくわからない。ただ思っていたよりもくちづけというのが生々しいものだというのを知った。

「これが……キス」

淑貴はぼんやりと侯爵の指を見つめた。唾液《だえき》の糸が彼の指を濡らしている。

「次はきみの感じやすい場所をさがそう」

きつく腰を抱かれ、シャツをたくしあげられ、侯爵の手が脇腹に滑りこんでくる。

「……っ」

「初めて会ったときから、きみに惹かれていた。華やかなアトリウムとは不似合いな、つまらなさそうな顔をしていたきみを見たときから」

華やかなアトリウム？　この館のどこかにそんな場所があっただろうか。

「……って、どこで見て……」

「いいから、じっとして」

熱い指がじかに素肌にふれ、思わず息を止める。脇腹から胸へと進む指の感触。

「ここは好きか？」

胸の粒を指でつぶされたとたん、カッと肌の奥がざわめく。思わず躰をこわばらせた淑貴の胸の突《とっ》起《き》に、侯爵は直接舌先を絡ませてきた。

「こ……侯……」

「きみはここが好きらしいね。少し触っただけなのに、こんなに固くしこらせて。舌でつついているうちに淡い薔薇色に染まってきた」

小さな乳暈《にゅううん》のきわを濡れた舌でなぞられ、そのままあたたかさに皮膚が粟立《あわだ》ち、背中のあたりに奇妙な熱が溜まってきた。

「あ……っ……ん」

粒を舌でつぶされ、まわりの皮膚を甘噛みされるうちに熱が広がっていく。

「ん……っ……どうして男なのに」

「男でも感じるところは感じる。その証拠に、ほらここがこんなになって」

淑貴の足の間に伸びた侯爵の手が潤《うるお》いをにじませた性器にたどりつく。熱っぽく先端の窪《くぼ》みをいじられるうちに、そこはとろとろと透明な露《つゆ》をこぼし始めた。

「いや……っ……恥ずかしいこと……しないでくださ……」

「安心しなさい、きみをよくしたいだけだから」

「でも……恥ずかしくて」

「それを捨てるために仮面をつけているんだ。私はきみがだれか知らない。きみも私がだれなのか知らない。たがいに本能のまま快楽を分かちあおう」

青白い月光が男の横顔を照らしだし、仮面越しに切れあがった眸に見据えられて淑貴は息を呑んだ。

そのまま唇を重ねられ、淑貴はまぶたを閉じた。深く貪られ、喉が詰まる。

「……ん……ふっ」

たがいに仮面で顔の半分をかくしているせいか、自分たちが何者か知らないせいか、少しずつ全身から羞恥《しゅうち》が消えていく。

未知の世界に引きずりこまれ、甘い誘惑に酔いしれていく悦び。

いっそなにもかも受けいれればいい。

レールからはずれたことのない人生だったのに、レールからはずれてしまった。それならば、とことんはずして未知の世界へむかうのもいいかもしれない。

今さら失うものはなにもない。

愛も恋もなく打算も虚構もなく、ただ、快楽だけを求めあう獣になってみたい。

首筋に息が吹きかかり、肌のそこかしこにくちづけが降り落ちてくる。

肌にふれる唇の強さと、肌を撫でる彼のなめらかな髪の繊細な感触。

ときに強く、ときにやわらかに加えられていく愛撫。

淑貴はたまらなくなって、まぶたを固く閉ざした。

それから先は……皮膚の下に潜《ひそ》むものをあばくような激しい愛撫に息をあがらせ、殺しきれない嗚咽をそれでも呑みこもうとして。

「ん……っ怖い……こんなの……初めてで」

シーツに指をさまよわせ、うながされるまま淑貴はひざを立てて軽く腰を浮かしていた。

「先に達《い》かせてあげるから、身をまかせなさい」

「達く……って……っ」

ひざを大きくひらかれたと思うと、侯爵の舌が性器の先端を撫でる。蜜《みつ》を滴らせた感じやすい先の割れ目を舌でつぶされ、カッと火が奔《はし》ったような快感が衝きあがってきた。

「ああ……っ……や……」

ささいなことに心地よくなって感じてしまう自分が恥ずかしい。たまらずのがれようと腰をずらしても、根もとをつかまれ、尖端《せんたん》の割れ目に何度もくちづけされ、こぼれた露を舌で掬《すく》いとられていく。

「いや……ふ……っ……そんなところを……だめです……っ」

「どうして」

「だって……私なんかのを……申しわけなくて」

そう、自分の性器を他人の口で慰めてもらうなんて考えられない。

「そういうところがいじらしいが……もっと快楽に酔いなさい、私にされるがままに」

そう言って侯爵は淑貴の性器を口内に含んだ。

「いや……あぁっ……」

強く吸われ、全身が熱く痺れる。侯爵の髪に指を絡め、淑貴は背をしならせて身悶えた。

あたたかな他人の口内で自分の性器が膨張《ぼうちょう》しながら形を変え、少し噛まれたり舐められたりしただけで今にもはじけそうになっていることが信じられないやら恥ずかしいやらで。

「ん……っ……ん…………っ」

内腿《うちもも》のつけ根にふれる彼の吐息と髪がくすぐったい。形をたしかめるようにそこを吸われ、手のひらで珠を弄ばれるうちに、そちこちが充血して熱を孕《はら》んでいく。

ふれられるごとに広まる熱。募《つの》ってくる射精感。腿をふるわせ、腰をくねらせ、淑貴はすがるものを求めて彼の髪をわしづかみ、快感に耐えきれず首を左右にふるしかない。

「あ……あ……っ……っ」

己の喉からあふれる甘ったるい声。

きりきりと追い詰められていくような、それでいてなにかに媚《こ》びようとしているような妖しい吐息。

いつしか淑貴の花芯は侯爵の口内でこれ以上ないほど育ち、もうこらえきれなくなってきた。

「……あ……ま……待……っ」

彼の髪をつかむ指に力が加わる。もう保てそうになくて、たまらず自分から引き剥がそうとしたが、つーっと先端に刺激を加えられ、電流のような痺れが背筋を駆けのぼった。

「ああっ……」

すさまじい快感に、淑貴は腰をはずませた。ひじでひざを広げられ、なにかで濡れた冷たい指に奥の狭間《はざま》をさぐられ、全身の毛穴がふさがりそうなほど驚く。

「や……っ……どうして……そんなところを」

「きみは……ここに男を受け容れるんだ」

舌で先端に刺激を与えながら、侯爵は濡れた指で蕾《つぼみ》のふちをくるりと撫でた。

その奇妙な感触に肌がざわめく。

「ん……っ……そこ……なんて……っ」

「さあ、力をぬいて。きちんと慣らしておけば、あとが楽だから」

ぐっと指のつけ根が入りこんできた。あまりの異物感に躰が跳ねあがった。

「あぁ……っ」

思わず四肢をこわばらせる。固い肉が反発するように彼の指を圧しだそうとするが、強引に男がそこを広げて突き進んできた。

ぐしゃぐしゃにかきまわされるうちに、たまらず粘膜が煽動するのがわかった。

「ん……や……っ」

汗ばんだ額に髪が貼りつき、身をよじらせるたびに踵がシーツをすべって腰が浮きあがるような姿勢になって恥ずかしい。

「あっ……あ……っ」

だめだ。もうこれ以上は……。吐きだしたい衝動のあまり、さらに腰を突きだした次の瞬間、それを待ち受けていたかのように根もとをにぎりしめられ、ひときわ鋭い快感に襲われる。

「あ……ああっ！」

全身がふるふると痙攣し、熱風《ねっぷう》のような奔流《ほんりゅう》が脳まで衝きあがってくる。うなじや背筋に汗がにじみ、一瞬で力がぬけたような甘苦しい疲労感に襲われた。

ようやく躰が満たされた解放感と他人の口に吐きだした羞恥。

「……ごめんなさい……っ」

涙がこめかみを濡らしていることに気づき、淑貴は侯爵の髪から手を離してそこをなぞった。

「なにを謝る」

「あなたの口に……だしたりして」

「そんなことをいちいち気にするな……きみというひとは。まだ始まったばかりなんだよ」

ぐいとひじでひざをひらき、今度は奥の窪みのふちを舌先で撫でられる。

「や……そんなとこ」

快感に浸る余裕もなく、再び後ろを責め立てられ、淑貴は驚きの声をあげた。

「お願い……そこは……」

引いたはずの熱が再び躰を燃やそうとする気配。

「いいから、感じるまますなおに従って」

彼の指にときほぐされ、そこがぐしょぐしょにぬかるんでやわらかくなっていくのがわかる。

自分の躰が自分のものでないものに変化していく。

快感なのか痺れなのか疼《うず》きなのか、どの感覚をどう捉えていいのか。つかみどころのないそれにとまどいながらも、淑貴の喉からは彼に甘えるような声がほとばしっている。

「ん……あぁ……ああ……ん……そこ……っ」

自分がせがんでいる。己のものとは思えないその声に驚いたとたん、内側の肉が彼の指を締めつけ、いっそうの羞恥にほおが熱くなる。恥ずかしい。こんなのは……。

「……いや……どうして」

首を左右にふって淑貴はかすれた声で言った。

「恥ずかしがることない。もっと声をだしなさい」

「声なんて……どうして」

「この耳でたしかめたいんだよ、きみが悦んでいるかどうかを。仮面をつけているんだ、理性や羞恥をなげうって、感じるまま快楽に身をまかせてみろ」

快楽に身を……。

そう、仮面をつけているからこそ、どんな恥ずかしいこともできるのだろうか。

「あぁっ……いや…ん……あぁっ」

侯爵の指が奥へと沈みこんでいく。濡れた音が耳を突き、ぐいっと二本の指で広げられると、待ちかまえていたかのように自分の粘膜が彼の指を食んで体奥へと引きずりこんでしまう。

「ああっ、いやっ……もう……っ」

意志とは関係なく勝手に疾走していく躰。もはや自分のものではないような気がする。

「そう、そうやってもっとさらけだしなさい、自分を」

小刻みに胸を喘がせるうちに、口内が乾いて息苦しくなる。淑貴は背をしならせ、たまらず胸をかきむしっていた。

やがて――――。

そのほうが楽だから、と四つん這いにさせられた。

「きみが欲しい。いいな?」

弛緩《しかん》されていた蕾に硬い屹立の切っ先がふれるのがわかった。侯爵がくる……と思っただけで甘美な気配が胸に広がり、内側の粘膜は熱っぽく収斂《しゅうれん》していた。

「え……ええ」

こくりとうなずいた次の瞬間、ぐいと熱い肉が入り口を割った。

「――――っ!」

猛烈な痛みに淑貴は息を殺した。

こわばった四肢を壊すように皮膚を捲《めく》り、ゆっくりと、それでいて深い部分まで硬質な塊《かたまり》が入ってくる。

「……っ」

全身を痙攣させ、淑貴はシーツに爪を立てた。

痛い。怖い。けれどうれしかった。内側から自分が破壊されていくようで。

「痛いのか?」

「……ん……っ……平気……です……っ」

言いながら、痛みに耐える。

「息をぬいて」

うながされるまま息を吐いた刹那、侯爵の熱い怒張《どちょう》に狭い襞《ひだ》が圧しひらかれていく。

奥に沈みこんでくるものの猛烈な圧迫感に、すがるものを求めてシーツを握りしめる。

「く……うっ」

「そう、それでいい」

ずん、と深く貫かれ、淑貴はシーツに爪を立てた。

「あ……あぁっ……」

痛い、痛くて苦しい。奥に突き進もうと侯爵が腰を進める摩擦《まさつ》の衝撃に身がこわばり、まなじりからこぼれた涙が仮面を濡らしていく。

「……っ……あぁ……ん……っ」

痛みを伴った快楽が怖いくらいに自分を支配して頭が沸騰《ふっとう》しそうになっている。

「かわいいひとだ」

ふっと鼻先で笑い、侯爵は淑貴の腰を抱く腕に力を入れた。

ぐいと腰を引きつけられたとたん、背筋を駆けぬけた甘苦しい痺れに淑貴は首を左右にふって耐える。

「ああ……ああ……あぁっ！」

そうして最奥《さいおう》まで入ってきた侯爵の圧迫感に淑貴は息を喘がせた。

「つらいか？」

「……大丈夫……です……だから……どうぞ」

「いいんだね、本当に」

「いいです……もっと……私に……いろんなことを……教えて」

このまま一気に違う場所に連れていって欲しかった。仮面をつけているからこそ、このまま。

「きみのようなかわいいひとはほかにいないよ」

そう言って侯爵は深々と奥を抉《えぐ》ってきた。粘膜に熱い火が奔り、淑貴は身をのけ反らせた。

「ああっ……っあ……ああ」

快感と甘い苦痛を伴ったなやましい感覚に全身が支配されていく。

侯爵の唇に首筋や胸を甘く吸われ、啜《すす》り泣くような声をあげてしまう。

律動《りつどう》をくりかえされるごとに、淑貴の花芯からは雫《しずく》がしたたっていく。ぐいぐいと圧し割られ、つながりが深まり、結合部に甘苦しい摩擦熱が奔る。その愉悦《ゆえつ》――――。

「あ……あぁ……」

こすられるたびに粘膜が熱を孕み、収縮《しゅうしゅく》をくりかえして男を締めつける。

もっと激しく、すべてを破壊するほど乱暴に突きあげてくれてかまわない。

苦しくて怖いけれど、そう、日本での過去を忘れるほど激しく突きあげられたら、きっと、なにもかもがどうでもよく思えてくるはずだから。

「あ……っ……」

腹部にまわった侯爵の腕が腰を抱きこみ、律動を加速させながらさらに深く突きあげてくる。

「は……もう……あ……あっ」

悲鳴とも嬌声《きょうせい》ともつかないはしたない声をあげている。

この男は名前も顔も知らないひと。明日、街ですれ違っても気づくことはない。

侯爵……ということ以外、なにも知らないのだから。だからこそ流されてみたい。べつの自分が見えてくるかもしれないから。壊されたいと願っているのが淑貴の本質だと言ったこのひとにならば。その言葉にすがってみてもいいのではないかと思って。だから。

「壊して……」

うわごとのように呟いていた。一瞬、侯爵の動きが止まる。

「——壊して？」

「壊して……ください」

そして、どうか教えてください。違う自分を。内側から壊されていく恐怖と喜びを感じながら、どこか遠くへと追いやられたかった。もっともっと違う自分になって、見知らぬ自分になってみたくて。

そう。今夜だけは。仮面をつけている今だけは。

そんなゆがんだ快楽に酔いしれるように、淑貴は見知らぬ男の腕にすべてをゆだねていた。

つながった部分はただただ火傷《やけど》したように熱く、感覚が麻痺《まひ》してくる。

「壊れろ、どこまでも」

腰をひきつけられ、ぐいと深い部分を抉られる。

「ああ……っ」

ああ、こうして壊されていくのだと思った。

「……っ」

そのとき、ふわりと仮面を縛っていたひもがほどけるのがわかった。

侯爵が歯でほどいたのか、さっと冷たい風がほおを撫でたかと思うと、絹製の仮面がシーツに落ちていく。

まなじりからにじみでる涙。うなじに降りそそがれるくちづけ。

彼の仕草はひどく優しい。けれど突きあげは激しさを増し、淑貴は息苦しさに身悶えた。

「ああ……っ」

くちづけのたびに苦痛が愉悦にすり替わったかと思うと、勢いよく突き刺されて快感が再び苦痛にもどってしまう。その一瞬一瞬が交互に襲ってきて気が変になりそうだった。

そっとあごをつかまれ、後ろから侯爵に唇を重ねられる。

「ん……っ……ふ」

なやましげな甘いキス。うっすらと細めた目に、後ろから男に貫かれ、部屋の明かりをたよりに身悶えている己の姿がシルエットとして壁に刻まれている。

自分ではない自分がそこにいる。そんなふうに思った。

緩慢だったぬきさしが少しずつ速度を増し、それに比例するかのように甘い快感だけが躰を支配していく。

「あ……あぁ」

奥深い部分を強く抉られ、埋められた灼熱の容積が徐々に増していく。

その圧迫感に内臓が押しつぶされそうだ。

「あ……や……っ」

肉襞を嬲《なぶ》る淫《みだ》らな音。濡れた皮膚のぶつかる音。首筋の皮膚にふれる湿った呼気。躰を揺らすごとに空気が振動する。

天窓から射す青白い月光が獣のようにつながったふたりを照らし、影絵のようにゆらゆらと揺れる影が壁に映しこまれている。

海の底で交歓する水棲類《すいせいるい》のようだ。

視界が濁り、快感に悶えるなか、そんなことを思いながら淑貴は甘い息を吐き続けた。

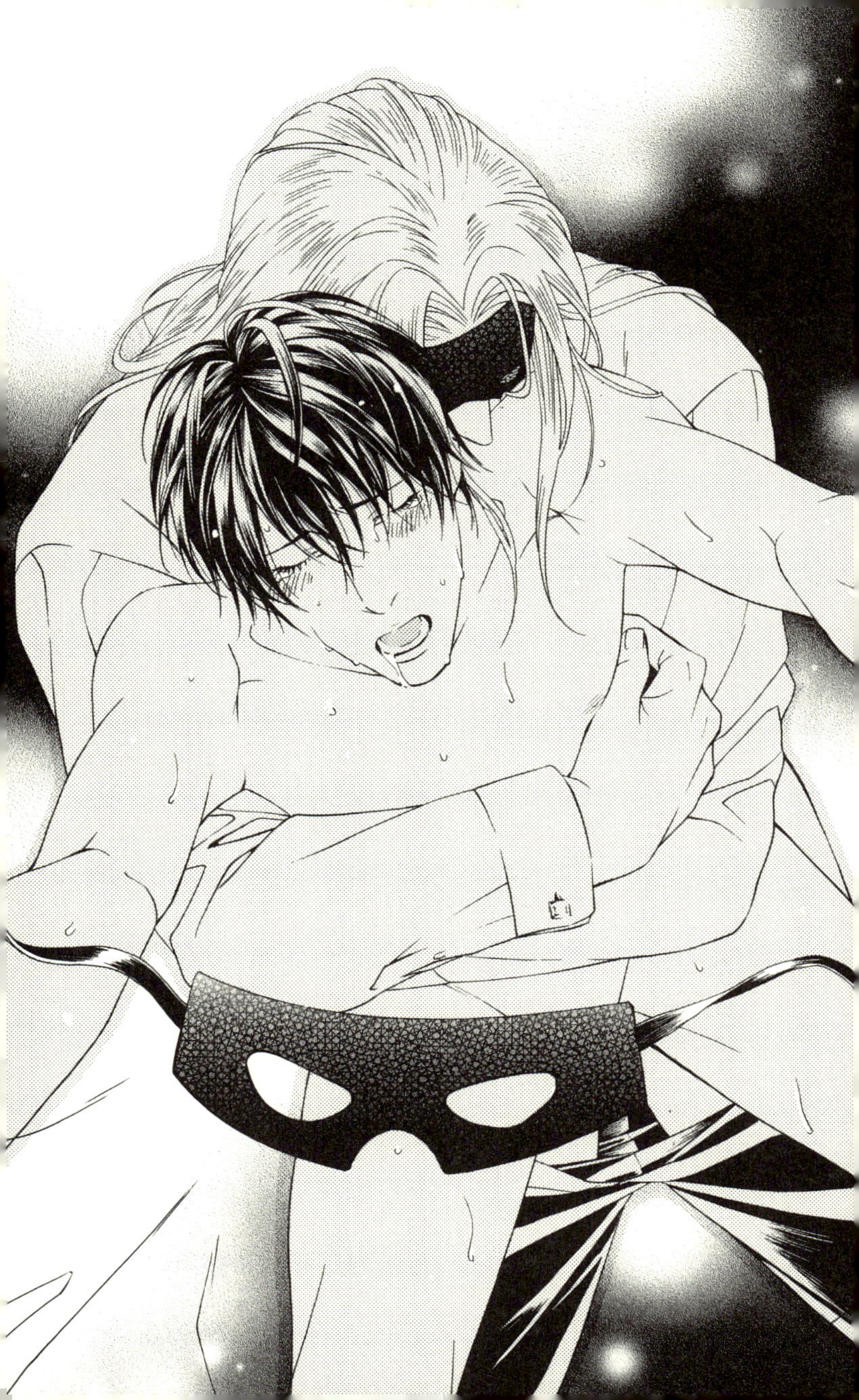

3　キャンパス

どこからともなくただよう甘い薔薇の匂い。

「……ん……」

やわらかなスプリングのなか、淑貴はうっすらと目をひらいた。

金色の光が目に触れ、淑貴は手の甲でまぶたをこすった。

躰がだるい。死んだように眠っていたらしいが、全身に奇妙な倦怠感《けんたいかん》と下肢のあたりに鈍い痛みが皮膚にまつわりついているようだ。

「……っ」

仕事に行かなければ。早く起きあがって。はたして、今、何時なのか。昨夜はいったいなにをしていたのだろう。

とりとめのないことを考えながら躰を起こしたそのとき。

「い……っ」

淑貴は顔を歪めた。腰のあたりに鋭い痛みが疾ったからだ。

躰を起こすと肩にかかっていたシーツがするりと腰のあたりまで落ち、自分が一糸《いっし》まとわぬ姿で眠っていたことに気づく。

視線を落とすと、胸肌に赤い刻印。それに枕元《まくらもと》に落ちている黒い仮面。

刹那、昨夜の狂態が脳裏《のうり》にうかんできた。

「……っ！」

自分は知りあったばかりの男性と……一夜の遊びを。

思いだしただけでカッとほおが熱くなり、鼓動が早打ちを始める。

知らなかったことを次々と知ったせいか、まだ心も躰も混乱していた。

顔も知らないまま、仮面をつけた状態で見知らぬ男と寝た自分。

躰に残る甘美な痛みと痺れ。恋愛感情もないまま、くちづけを教えられ、他人の手で射精させられる興奮に頭を沸騰させ、後ろに他人の性器を受けいれて。

「でも……」

淑貴は肌に残る赤い痕に指を這わせた。

いやな感じはしなかった。それどころか、日本を離れてからずっと心のなかにひっかかっていたことのすべてを一時的に忘れることができたように思う。

ひと夜の享楽によってもたらされたものだが、ぐっすりと芯から眠ったような気がする。

うつむき、淑貴は自分の躰を抱きしめた。

――そうか、あれが……。

おちついてくると、唇や皮膚が感じた昨夜の余韻がよみがえってくる。

まぶたを閉じれば侯爵の声。

『今のが、キスだよ』

くちづけは……息が苦しくなって意識を恍惚とさせるものだと初めて知った。

『壊れろ、どこまでも』

肉の結びつきは……胸の底までもの狂おしくするものだというのがわかった。

それを知ることができたと純粋に喜んでいいのか。それとも初めての行為なのに行きずりの相手に誘われるまま、淫らな声をあげた自分のいいかげんさを恥じるべきなのか。

自分ではよくわからない。

まだすぐに判断できない。かといってそれを相談できる友人もいない。

「……でもいいや、いいかげんでも」

淑貴は自嘲するように嗤った。

「あの事件に比べたら、昨夜のことなんて。そう、だれかに迷惑かけたわけでもなし」

己の心の混乱をおちつかせるようにひとりごちる。

今さらどうだっていい。

もしかすると永遠にする機会がなかったかもしれないのだから。

とりあえずキスも経験したし、セックスもできた。

「そうだ、よかったんだ……これで」

とても甘美な時間だった。

さっきから脳裏に響くのは、鼓膜を溶かした侯爵の熱っぽい声ばかり。

それに皮膚が記憶している甘苦しい愛撫や体内を貫いた存在が今もまだ生々しく躰が記憶している。

一度果てたあと、侯爵は淑貴の躰を仰向けにして折り重なるように体重をあずけてきた。その背にしがみつき、内側にわけいられながらわれを忘れて……。

『お願い……もっと』

そんなことを言っていたようにも思える。

『どうした、よすぎて狂いそうか』

初めてのことなのに、乱れた声をあげる自分に彼はそんなふうに訊いてきた。

そうじゃなくて、ただ髪を撫でる手の優しさや、彼のキスが心地よくて、もっともっと…とせがんだ気がする。とにかく感じるままに声をあげ、何度も甘い声をあげてしまって。

『壊して……ください……そして……教えて……ください……』

自分の声を思いだしただけでほおが熱くなるのだが、相手がだれとも知らない安心感から恥ずかしげもないことができたように思う。

――相手……が。

淑貴はうつろな目でとなりの枕に視線をむけた。

枕の様子から判断すると、侯爵がそこで眠っていた痕跡はない。

シーツの下を手でさぐってみても、何のぬくもりも残っていない。

侯爵は……昨夜のうちにここからでていったようだ。

彼専用のバンガローがあると言っていたが、それはここではなくべつの部屋なのだろうか。

ひと言、帰る前に昨夜の礼を言いたかったが。

それとも気に入らなかったので、さっさとでていったのかもしれない。

年を食っただけの下手《へた》な素人《しろうと》など情事を楽しむ相手ではなかったと後悔していたら……。

と思考が暗い方向に流れかけたが、淑貴は首を左右にふった。

——違う……そうじゃない。

目を瞑《つぶ》ると、自分のなかで彼が果てたあと、ささやいた声音が耳の奥に残っている。

『とても、よかった』と甘い声で呟かれた言葉が。

ただ、約束どおり、昨夜のあれは所詮《しょせん》はひと夜の夢。

彼は最後まで仮面をつけたままだった。

こちらの名前を訊くこともなく、素性を知ろうとするふうでもなく。

なにも言わずに去ったということは、彼のなかでは、あれは昨夜一度きりの関係で、もう二度と会う気はないということなのだろう。

——そういうものなのだ……ひと夜の遊びというものは。

快楽を求め、ひと夜の肉の悦びをわかちあう関係。

それがどういうものか今朝までわからなかった。

終わったあと、こんなにも虚しくて淋しい気持ちになるものとは。

胸底に冷気が沈殿《ちんでん》するような気配を感じ、それをふりはらうように淑貴は首を左右にふった。

「帰ろう、自分も……もう夢は終わったんだから」

倦怠感の残る躰を動かし、淑貴はベッドから降りようとした。

するとサイドテーブルに置かれたメッセージカードが目に入った。

「これは……」

くせのある流麗な筆跡……。おそらくは侯爵からのもの。

――内線電話を使えば、きみの好きな朝食を使用人が運んでくることになっている。ほかに困ったことや望みがあれば、好きなだけ命じてくれ。

そう書かれていた。そしてメッセージカードの下に一通の封筒。

表に、『きみがもしもう一度会ってくれるなら』というひと言が添えられていた。

「もう一度会って？」

胸が高鳴った。

また会いたい？　自分と――――？

淑貴は胸のあたりに手をおいた。あきらかに指先に振動が伝わってくる。胸の動揺。

ただ一度、ゲームに負けて躰をつないだだけの相手だけど、それだけで終わってしまうのはあまりにも切なくて。

ぽろりとまなじりから涙が流れ落ちた。

こんなことくらいで、泣くのも情けないが、どうしてかこみあげてくるものがあって涙が止まらない。

「ふ……っ……バカだな……こんなことくらいで……」

でもうれしい。ひと言のお礼も言えず、さようならも言えないままでは哀しかったから。

ひと夜の遊びを遊びとどうしても割り切れなくて。

ほおの涙を手の甲でぬぐって封筒を開けると、来週末、ニース郊外のシャトーで行われる仮面舞踏会への招待状が入っていた。

と同時に厚めの上質紙でできたカードが入っていた。

「な……っ……これは！」

ぱらりとカードをひらいたその瞬間、驚倒のあまり双眸を濡らしていた涙が一瞬にして乾いてしまった。

それどころか、そのままベッドからずり落ちてしまいそうになった。

「何なんだ……これは」

いったんカードを閉じ、まぶたを瞑って大きく息を吸って、もう一度恐る恐るカードをひらく。

そして、おちついてそこに記されたアルファベットを追う。

「うそ……こんなことって」

まばたきも呼吸も忘れ、淑貴は喰い入るようにカードを見つめた。

そこに書かれていたのは驚くべきことだった。

——半月後、ニース郊外の知人宅で行われる仮面舞踏会にきてくれ。もう一度会ってきみをこの腕に抱きたい。もし、きてくれるなら、この項目からひとつ欲しいものを選んで私にこの項目リストをかえしてくれ。きみと出会えたことへの感謝をこめて贈り物がしたい。

淑貴はもう一度そこに記された項目リストをしげしげと見た。

そこに記されていたのは……。
一、ボルドー地方にあるワイナリー付きのシャトーの権利書。
二、ニースのコテージとプライベートビーチとヨットの三点セット。
三、ガルフストリーム社の小型ジェットと運転手。
四、モナコのレストランとベントレーと二千坪の屋敷のセット。
五、南インド洋のプライベートアイランドと油田。
このなかからひとつを選べ？　侯爵は本気でそんなことを言っているのか？

「どれも……億単位なんじゃ……」

そう口走ったとたん、全身にふるえが奔った。

——本気なのか？

知りあったばかりのひと夜の相手に……億単位の贈り物なんて。

ブラボー。トレビアン。ハラショー。ワンダーフル。マラビジョーソ。

一瞬、頭のなかにいろいろな言語がめちゃくちゃになって飛び交った。

続いて嗤いがこみあげてきた。

——あの男……なにを考えているんだ。

あまりのおかしさに、淑貴は声をあげて嗤い、手のひらでとなりの枕をパンパンと叩いた。

「億だぞ、億単位のものを自分なんかに贈って……どうしろっていうんだ」

自分は一介の庶民《しょみん》だ。バイトあつかいの秘書として、ニースの片隅で細々と暮らしているだけ。

そんな自分にこんなものを与えても、それをうまく運用できるわけないのに。

シャトーをもらってもどうやってワインを造ればいいかわからないし、ヨットもそうだ、どうやって舵《かじ》をとればいいか知らない。

小型ジェットは一生使わないまま終わりそうだし、モナコの屋敷にひとりで住んでもきちんと管理ができない。ましてや島と油田など……。

——こういうものをもらって幸せだと思えるひとは、使いかたのわかっているひとだ。

自分には無用の長物……。

それどころか早くリストをかえさないと、自分が急に借金でもかかえこんだ気分になって不安に襲われる。

淑貴はサイドテーブルに手を伸ばしてペンをとった。

——お気持ちありがとうございます。大変申しわけありませんが、私はこれらの高価なものをいただいたとしても、その後、油田を経営したり、シャトーを利用しての、完璧な財の配分ができませんのでこちらの項目のものは……。

などと書き記しているうちに、知らずこめかみがぴくりと動いてしまった。

「完璧な財の配分……完璧な財の配分……」

これをどうすれば完璧なかたちにすることができるのだろうか。

そのまま使用するのは無理だが、こうしたものの最適な運用方法を考えるのがそもそも自分の仕事ではなかったのか？

ふと経済学的な興味が湧き、淑貴はペンを動かす手を止めた。

考えてみたい。このリストのそれぞれの項目について。

どうすれば経済学的にみて完璧な運用ができるのかを導きだし、頭のなかでシミュレーションをしてみたい。

どういう統計を参考にすれば、これらの存在を活かすことができるのか。

「だめだ、ここでは無理だ。インターネットと図書館がないと」

それはひさしぶりに湧いた学者としての好奇心だった。

もとよりこのリストのものをもらう気はない。

ただこのリストのものをどうすれば最良の結果へと導いていくことができるのか——ということを考えたくてうずうずとしてきた。

興奮を鎮めようと胸に手をあてても、いてもたってもいられない感覚。

これは、その昔、研究テーマを見つけたときに感じていたものと同じ。

かつて自分がもっていたなつかしい昂揚感がよみがえってくる。

未知のことを知り、自分の脳内で組み立てていくことに学者としての醍醐味《だいごみ》を感じていたころの。

「すぐに帰らないと！」

淑貴はリストを封筒にしまい、躰の痛みを無視してベッドから降りた。

歩くことどころか動くこともきつかったが、どうしてもこれを考えたいという衝動に衝き動かされ、淑貴は壁を伝って部屋をあとにした。

「お客さま、ご朝食は」

廊下にでたとたん、すれちがった使用人に声をかけられたが、「けっこうです」と叫んで淑貴はふらふらとした足どりで玄関にむかった。

これをどう活用すればいいのか早く考えたい。そして侯爵が喜ぶ顔が見たい。

半月後のパーティに行ってこれを渡す。それを目標に今日から研究に没頭してみようと思った。


その翌週、いよいよワークショップが始まる朝になった。

しかし以前のような後ろむきな不安はなかった。

あれから数日、淑貴はパソコンをもって図書館に詰め、一日中、あのリストに書かれていた項目の運用方法について考えていた。

それはちょうど淑貴が教授からたのまれているワークショップのテーマ『産業経済学』ともつながる内容だったので、以来、頭のなかにはパレート最適、ローレンツ曲線……といった経済学用語が飛び交っている。

いつもならやれやれとあきれて、つい聞くのを避けてしまう玉泉の統計学や確率の理論についても、酒を手にじっくりとすみずみまで楽しく耳に入れてしまった。

あの侯爵との一夜の余韻はまだ躰に残っている。

時間が経つにつれ、ほんの少しばかり残っていた後悔が波にさらわれるように消え、今は躰をつないだときの甘苦しい感覚が静かな充足感となって淑貴の胸で残響のように響いていた。

閨房《けいぼう》のなかで、彼がひどく優しかったこと。

もう一度会いたいと彼が自分への興味を示してくれたこと。

そして彼があのリストを残していってくれたこと。

そうした心づかいをうれしいと思う気持ちが自分の心を昂揚させ、あまつさえ、あのリストを手にしたことで研究への興味をとりもどす結果につながった。

「ゼミの学生は男三名、女性が三名。合計六名だ。きみがいいと思ったかたちで授業を進めればいいから」

朝、あいさつに行くと、玉泉が建物の一階にあるゼミ室の鍵を手わたしてくれた。

窓一面が中庭に面した小さなゼミ室には、白い小さな会議用のテーブルと黒板があるだけ。

そうして朝の八時半、二十代前半くらいの若い男女がゼミ室に現れた。

「おはようございます、ニコラ・ルディエールです、よろしくお願いします」

そう言ってあいさつしてきたのは焦げ茶色の巻き毛の青年。そばかすが印象的だ。

「私はマリ＝アニエス・イレールです」

彼女は黒髪のショートカットの女性。小さな頭とモデルのようなすらりとした体型が美しい。

「クロード・ベッシィです」

次々とあいさつする生徒たちの顔と名前を淑貴は必死で追った。

やはり外国人はむずかしいと思った。

町中で彼らと似たひとと会ったら間違えてしまうかもしれない。とにかく髪の色と目の色と、あとは体型でおぼえるしか。

「有本です。どうぞよろしく。ところで生徒の数は六名と聞いていますが」

まだ五人しかきていない。あとひとり、男性がいるはずだが。と思ったとき、扉をノックする音が聞こえた。

「すみません」

いきおいよく扉を開け、部屋に入ってきた長身の男性の姿を見た瞬間、淑貴は瞠目した。

「え……」

瑞々しい初夏の風がさーっとゼミ室に舞いこみ、中庭に咲く薔薇やラベンダーといった甘くさわやかな花の匂いが運ばれてくる。

「すみませんでした、遅くなって」

戸口に立ち、すまなさそうに言う男を、淑貴はわれを忘れたように見つめた。

窓から射す陽射しが彫りの深い彼の顔に深い影を刻んでいる。

一瞬、その姿が侯爵に見えた。鼻筋や口もと、あごの稜線、それに全体的な体格のラインが侯爵のものと酷似しているからだ。

もちろん別人だというのはわかった。無造作に肩まで伸びたぼさぼさの黒髪も、鋭利さをにじませた琥珀《こはく》色の眸も侯爵のものとはまったく違う。

それなのに鼓動が高鳴っている。なぜかほおも熱くなってしまって。

「……先生、授業は？」

黒髪の女生徒に声をかけられ、淑貴はハッとわれにかえった。

気をとり直したように笑みを作る。

「さあ、なかに入って。私は講師の有本淑貴です。初めまして。ここに座ってから自己紹介をお願いします。名前と、あと、なにか適当に」

うなずき、男がゼミ室に入ってくる。ふわりとシャープなライムの香りがした。

完璧に整った、南欧系の彫りの深い精悍《せいかん》な風貌。少し陽に灼けた健康そうな肌。だらしなくはおったオープンシャツと革のパンツ。それに薄汚れたスニーカー。

近くで見ていると、侯爵とはまったく印象が違うことを改めて痛感する。

「リュシアン・バジェスといいます。仲間にはリュシィと呼ばれています。年齢は二十七歳。ふだんはニースの港で働いて、先日、離婚したのを機に一念発起《いちねんほっき》し、産業経済学でも学んでみようと思いました。経済学の知識を実社会で役立てたいのです」

声は侯爵と似ている。アクセントもしゃべり方もまったく異質だが、もともとの体格が似ているので声のトーンが同じなのかもしれない。

ちらりと見ると、視線を絡め、リュシアンと名乗った生徒はひとのよさそうな笑みを見せた。

――街で見ると怖くて避けたくなるようなタイプだ。でも、こうして間近でほほえむ顔はとてもかわいい。

ニースの港ということは船乗りだろうか。

たしかに、そうしたワイルドな雰囲気が漂う男だ。

そんなことを考えながら、淑貴はそれぞれの生徒に講義要項を印刷したレジュメをくばっていった。

「では、授業を始めます」


それから一週間が過ぎ、ようやくゼミにも慣れてきた。

「——淑貴、どうだ、ゼミは？　うまくやっているみたいじゃないか。評判いいぞ」

食堂でパニーニをかじりながら侯爵からもらったリストをながめていると、通りかかった玉泉が声をかけてきた。

経済学部棟の食堂の前庭には色あざやかな薔薇やレモンの木々が植えられ、中央にある円形の泉水《せんすい》からはいつも水が湧きでて、陽光を反射している。この南欧風の風景が好きで、食堂にくると、淑貴は庭がよく見える一番端の席につくようにしている。

「みなさん、とても熱心なのでやりがいがありますね」

日本の大学の生徒と違って、すぐにダイレクトな反応がかえってくるので、最初はとまどうことのほうが多かった。

しかしはっきりと生徒たちが自己主張してくれるおかげで、どういう方向で授業を進めればいいのか、かえって目安がつけやすい。

ただあまりにみんなが熱心すぎて、うれしい半面、自分などが講師でいいのか否か思い悩んでしまうこともあるのだが。

「そうだ、六月末、ちょうどきみのワークショップの終わるころに教授会がある。講義の評判もいいみたいだし、そのときにきみを来期からの講師に推薦してみようと考えている。ちょうど、ひとり、若いのがパリの大学に行くことになって欠員ができそうなんだ」

「本当ですか？」

淑貴は口もとをほころばせた。

そうなればどんなに幸せだろう。念願叶って講師にもどれたら。学者として失ったものが完全にもどってくることはないけれど、それでも未来に希望をいだくことができる。

「ところでおもしろそうな生徒はいるか？　きみの話からすると、リュシアン・バジェスという学生がなかなかの切れ者らしいじゃないか？」

前の席につき、玉泉はタバコを口に咥えた。

「ええ、リュシィは考え方や視点が合理的でとてもおもしろいですよ」

細かなことにこだわらない奔放《ほんぽう》な性格ゆえに彼の書くレポートやセミナーの発言には、いつも驚かされる。

学者が決して思いつかないような実用的な思考回路をしていて、それがけっこう自分の好きなタイプの学説に近いので話をしていると楽しくなってくるのだ。

——経済学を勉強して仕事に活かしたいと言っていたのもうれしかった。

それに離婚をきっかけに自分を変えたいという彼の動機も、淑貴には身近に感じられた。

自分もまた失恋と失敗を重ねてここにきているから。

しかしやはりなによりも彼のことが気になるのは、彼が侯爵と似ているからということだが。

だからいつもつい視線で追ってしまって。

玉泉が去ったあと、淑貴はテーブルにひじをついて、資料を手に侯爵の残していったリストの文字を追った。

——実用的な経済学か。

あれからこれをどう運用すれば最適の結果が得られるかずっと考えているが、自分の考えているものはどうも学者が机上《きじょう》で思いつくようなものばかりだ。

経済学を実社会で役立てたいと言った彼なら、どんなふうにこれを考えるだろう。

そんなことを考えて夢中になって頭のなかで計算しているときだった。

突然、ふっと視界が暗くなった。

「先生、先生」

「え……」

ゆらりと頭上からの影が揺れ、はっとして顔をあげると、そこにリュシアンが立っていた。

黒いシャツと黒い革のパンツ。片眉をあげて、不思議そうに自分を見下ろしている。

「淑貴先生、なにやってんの。さっきから何回も声をかけているのに」

「声を?」

「ああ。なのに、先生ときたら、書類を読むのに夢中で」

あきれたように言うリュシアンに、まいったな、と淑貴は苦笑いした。

研究に夢中になるとまわりがまるで見えなくなるのは自分の悪いくせだ。日本でもそれで何人の友人が離れていったことか。

「ごめんね。経済学のことを考えると、つい入りこんでしまって」

せっかく声をかけてくれたのに申しわけなかった……とこうべを垂れた淑貴に、リュシアンは明るい笑顔でさらりとかえしてきた。

「何で謝んの？　おれのほうこそ、先生の研究の邪魔をして申しわけなかったと思ってんのに」

「だって……せっかく声をかけてくれたのに、無視するみたいなことしたから」

「でも、学者ってそういうもんじゃないの？　おれの知ってる文学の先生なんて、読んだばかりの詩の美しさにうっとりしてそのままバルコニーにでようとして、過ってガラスに激突して救急車で運ばれたんだぜ。出血多量で死ぬところだったってさ」

「それ、本当？」

淑貴は目を丸くした。たしかに玉泉にもそういうところがないことはないが。

「ああ、うそのようなホントの話。ところで、先生のむかいに座っていい？　昼飯食べようと思って買ってきたんだ」

リュシアンは手に提げた袋を軽くあげて見せた。

「どうぞ」

淑貴は淡くほほえんだ。他人の容姿に関心はないが、こうして見ると、やはり侯爵を彷彿させる。

髪も目の色も雰囲気も異なるのだが、全体的な輪郭が似ているように感じられてどうしようもない。

尤も、外国人の区別がうまくつけられない自分が感じたことなのであてにならないのだが。

「なに、先生も腹が減ってんの？」

ハムとトマトのサンドイッチをぱくりと口にほおばったリュシアンは、淑貴の視線に気づき、口をもぐもぐとさせながら小首をかしげた。

「ううん、私はもう食事をすませたから」

「みたいだね、先生の昼食、ルッコラのパニーニだっただろ？」

「え……」

「ほら、ここ」

テーブルに身を乗りだし、リュシアンは淑貴の襟もとに手を伸ばしてそこにくっついていたルッコラの葉をつまんで微笑した。

「あ……ごめん」

「謝ることじゃないだろ。そうだ、これ、飲む？」

リュシアンが袋のなかからペットボトルをとりだし、淑貴に差しだす。

「いいよ、これはきみのじゃ」

「さっき間違えて炭酸なしの水を買ったんだ。おれは炭酸入りのほうが好きだから」

肩をすくめて笑うリュシアンに、淑貴はつられたように微笑した。

「ありがとう、じゃあこれはいただいておくね。ちょうど喉が渇いてたんだ」

ボトルのふたを開け、淑貴は水を口にふくんだ。

まろやかな冷水の口当たりが、清々しい気分にさせてくれる。

「先生……綺麗だね」

ふいにリュシアンが呟いた。えっと目を見ひらくと、テーブルに肘をつき、琥珀色の目を細めてリュシアンがじっと見つめてくる。

「本当に綺麗だ。髪も顔も肌も……人間じゃないみたい」

ふいに男の指が額に伸び、淑貴は息を詰めた。前髪をかきあげた指先がくすぐるように肌を撫でた。

「綺麗なんて……言われたことないよ」

「日本では、恋人、いた?」

真顔で顔をのぞきこまれ、淑貴は視線をずらした。

「恋人なんて……勉強に関係ないだろ」

少し声をふるわせながら、しかし突き放すように言った。

それでも強いまなざしを感じ、わざと手にしていたリストに視線を落とし、顔が見えないようにしてみたが、また前髪をかきあげられる。

どうしよう。なにがしたいんだろう。

まいったな……と視線を落としたとき、リストに書かれた文字を見て、ハッと頭に閃《ひらめ》くものがあった。

「そうだ、リュシィ、今から一緒におもしろい勉強をしてみないか」

淑貴は顔をあげ、リストを彼の前にだした。

「なに、これ」

「これさ、この間からずっと考えていたんだけど、ここに書かれているものの最適な運用方法について一緒に考えてみないか。とりあえずここまで考えてみたんだけど」

次々と書類をテーブルにならべていく。するとリュシアンは興味深そうにのぞきこんできた。

「へぇ、おもしろそうだね。おれ、こういうの、考えんの、すげえ好きなんですけど」

「やっぱり？　じゃあ、ふたりで考えようよ。授業の延長線上のつもりで」

「課外授業ってわけ？」

片眉をあげ、リュシアンが肩をすくめる。

「そう、受講料はいらないから。昼休みの二時間、たっぷり講義するよ」

「そいつはありがたい。あとで請求《せいきゅう》してくんなよ」

「はいはい」

楽しいと思った。

昔、三宅がゼミ室を訪ねてきたときも最初はこんなふうに軽やかな会話をはずませたものだ。

忘れていた感覚がよみがえってくる。教師として生徒と接していたころの感覚が。

学者としての好奇心がよみがえってきたことといい、ニースにきて一年、ようやく自分の時間が動きだしたような実感をおぼえる。

窓から入りこむ風の清涼感に心が浄化されていくような感覚をおぼえながら、その日、淑貴は昼休みが終わるまでリュシアンと経済学について語り続けた。

4　ヴァンスの森

月の光が壮大な花畑を青白く染めている。

夕刻、ニースをでた淑貴は内陸にむかって三十分ほど車を飛ばした。

香水造りで有名な街が近いせいか、あたりには薔薇を始め、ミモザやラベンダー、ジャカランダが満開の花を咲かせている。

今夜、侯爵と再会する。そのとき、自分は彼のことをどんなふうに思うのかわからない。

ベッドに誘われたら、また一夜をともにするだろうか。

ただ……もう一度会えることがうれしかった。

愛や恋という感情とは違っても――自分にとっては大切なことではあったから。

窓を開けて車を走らせていると、花の香気が噎せそうなほどの強さで入りこんできてどうにも息苦しくなる。

街道を進んでいくと、小さな城壁にかこまれたヴァンスという街が見えてきた。

そこは、南フランスを代表するマティスが製作した美しい天井画の礼拝堂でも名高い。コート・ダジュールの強い陽光をふんだんに利用した空間だ。

やがて窓から流れこむ風が確実に冷気を含むようになってきた。

花畑の間を通っていた道がいつしかほの暗い山路へと変わり、岩肌が剝きだしになった巨岩の山々やうっそうと木々が茂る森があらわれ、ようやく内陸部の幽邃《ゆうすい》さが漂い始めたころ、道のむこうに青白い月光を浴びて耀《かがや》く古城が見えた。

青い闇に浮かんだ中世の城。

今夜はこの静寂に包まれた丘陵の古城を使って仮面舞踏会がひらかれるらしい。

仮面をつけ、案内されるままボールルームに進むと、ヴェネツィア風の仮面で顔の半分を覆い、踊りに興じている紳士や淑女がいた。

古代ギリシャ風の衣裳をまとったものやエジプト風、悪魔や聖職者、ロココ調……と、それぞれが思い思いの衣裳に身を包んでいる。

二十一世紀というより、中世の舞踏会にまぎれこんだような錯覚。

壁に飾られた蠟燭の明かりと、窓の外の月光だけをたよりにした薄暗がりで。

ここにいるひとたちは、なにを求めてこういうことをしているのだろう。

自家用ジェットをもち、最先端の近代化された世界に住んでいながら、中世の香を漂わせた空間で仮面をかぶって踊っている。

そして、自分もまたなにを求めているのか。わからない。けれど。

「きてくれたのか」

タキシード姿で現れた侯爵は、ワイングラスを淑貴に差しだしてきた。侯爵は先日と同じように黒い仮面をつけている。

「いえ、車できていますので。今日は、これをおかえしにきただけで」

侯爵の前に進み、淑貴は先日のリストをかえした。

あのチェック用の五項目。すべての項目に経済学的な答えを記しておいた。

どの項目をどう運用すれば、最適な財の流れになるか、綿密《めんみつ》に計算して。

リストを見て、侯爵が仮面の奥の眸を眇める。

「これは……」

「私がいただくよりも、そのように活用したほうが客観的な目で見て最適かと思われますので、ためしに作ってみたのですが」

「じっくりと読ませてもらうよ」

壁のそばに行き、そこから落ちてくるわずかな蠟燭の火に照らし、侯爵がひとつひとつの項目を読んでいく。

「どうですか？」

ひととおり彼が読み終えるのを待ち、淑貴は問いかけた。

口もとを薄くほころばせ、侯爵が肩に手をかけてくる。

「きみは綺麗なだけでなく、切れ味のいい頭をもっているようだ。秘書にわたして、きみの考えどおりに動かしてみよう。そのときの純利益をきみに送る。それでいいな」

淑貴はかぶりをふった。

「とんでもない、それはどうぞあなたのほうでお好きに」

「欲のないひとだ。何億という金が転がりこむかもしれないのに」

「だからです」

淑貴はきっぱり言い切った。

「だから？」

「それが数百万円くらいなら、私は喜んでうけとったかもしれません。でも……億単位の金額は、私の人生では机上に存在するだけの金です。現実のものではない」

それをもらっても使い方がわからない。金にあかせて遊びたいとも思わない。特別なことをしたいとも思わない。

それよりも自分にはこうして財の運用を考えるほうが楽しい。

「ずいぶんまじめなんだね、きみは。どうだ、せっかくだ、またゲームをしてみないか。今夜はルーレットの台にいいクルーピエがいるんだ」

そうしてルーレットの台の前に案内され、ワインを手にゲームを楽しむことにした。

アメリカのラスベガスなどのルーレットに比べ、ヨーロッパのルーレット台は負けがでにくいらしい。

その分、チップをはずまないとだめらしいが。

「侯爵はいつもこんな毎日をお過ごしになっているんですか？」

「そうだな、こうして社交界に顔をだすのも仕事だから」

社交界……。完全に自分とは別世界の話だと思った。

「この城も年に一度はきているが、今日はバカンスが近いせいか、夫婦同伴での参加が多くて退屈だね」

「夫婦といえば、あの、侯爵、ご結婚は？」

社交界の人間は縁談も多いのでそれもあるだろうと問いかけたが、侯爵からかえってきたのは予想もしない返事だった。

「この間まではしてたよ。四人目の妻と。今、慰謝料のことで調停中《ちょうていちゅう》だ」

「え……」

四人目――という言葉に淑貴は耳をうたがった。この男が何歳なのかはわからないが、自分とはそう違わないはずだ。それで四人とは……。

「すみません、さしでがましいことを訊いて」

立ち入ったことを尋ねてしまった、と後悔に唇を嚙みしめた淑貴だったが、侯爵は気にもしていない様子で肩にかかった金髪を後ろに流して優雅にほほえんだ。

「きみが傷ついたような顔をする必要はない。再婚と離婚なんて、私のまわりではよくあることだ」

さも当然といった物言い。

そういえばリュシアンも離婚したと話していたし、生徒のなかにも、数年前に離婚してひとりで子供を育てている女性がいる。

しかしそれでも四人というのは尋常ではないと思うが。

ただ少しばかりホッとしていた。彼が独り身だということに。

「いいえ、変な表情を見せてすみませんでした。私のまわりではあまりないことだったので」

「幸運だね。私の両親は物心つく前に離婚し、そのあと、それぞれ再婚したり何人かの愛人をもっていた。おかげで、ヨーロッパのあちこちに異母や異父の弟妹、名前の同じ兄弟が何人かいる」

「そう……なんですか？」

なにが何だかわけがわからないが、親族がたくさんいるということか。

「父は私に家督《かとく》をゆずったあと、カナリア諸島で数人の愛人と暮らしている。母は母で実家で若い男をはべらせて楽しんでいる。好きで結婚したくせに、離婚後はおたがいの顔を見るのもイヤなようで、私は同時に両親と会ったことがないんだ」

話を聞いているうちに驚きを通りこして、心が寒くなってきた。

爵位もあり、億単位の価値のあるものをひと夜かぎりの相手にプレゼントできるような男だけど、もしかすると自分よりも淋しいひとなのかもしれない。

「だからかもしれないな。……相手が金と地位目当てだと気づきながらも、次こそはと思って、同じような失敗をくりかえしている。最後の妻にもだまされ、今、弁護士が慰謝料について話をしているところだ。弟とも父の財産のことで揉《も》めている。どうも私は悪運の持ち主らしい」

さらりと笑顔で言う男の姿が胸に痛かった。

以前の自分だったら、彼の笑みにだまされただろう。これまでは大変だったかもしれないが、もうとっくに終わった話で、彼は立ち直っていると思ったはずだ。

でも今はそう感じられない。

多分、彼はそうした両親の存在や妻の存在によって心に傷をうけてきた。だからこそ、それを忘れようと明るく笑って自分に話しているように感じるのだ。

「……悪運なんて……笑って言わないでください」

ぽつりと呟いた淑貴の冷めた声に、侯爵は困惑したように微笑した。

「――どうした？」

さらりとした金の髪を後ろに流し、侯爵は淑貴の肩に手をかけてくる。上目づかいで見たあと、淑貴はかぶりをふった。

「そういうこと、笑って言うことじゃありません。悪運とかだまされたとか……」

「私に同情しているのか」

侯爵が片眉をあげる。

「そういうわけじゃないですけど……」

なにも自分を投影することはない。彼と自分とでは、だまされたといっても意味が違う。

それに、自分のようなものに同情されてもうれしくも何ともないだろう。そもそも身分も環境も生活レベルもなにもかも違うのだから。

ただ彼にとってあたりまえのことが自分にとってあたりまえでないだけかもしれないのだから。

「……すみませんでした、変なことを口走って」

さしでがましいことをしたように後悔した。けれど。

「ありがとう」

ぽつりと呟かれた侯爵の言葉に、淑貴ははっと視線をあげた。

今、何て――？

視線を絡め、侯爵は形のいい目をふっと細めた。蠟燭の淡い光が彼のなめらかな金髪を美しく照らし、澄んだ翠玉色が甘やかに淑貴を捉えている。

「ありがとう。実はけっこう傷ついてたんだ。もう二度と恋はしないと臆病になるほど」

「侯爵……」

「本当はだれかにそばにいて欲しいと思いながらも……またださまれたら、と思うと二の足を踏んで。でもまた恋をして……傷ついてしまう」

「わかります……その気持ち」

ぽつりと淑貴は答えていた。

自分もそうだ。二度と恋はしたくない。もう傷つきたくない。

そう思いながらも、見知らぬ異国で親しい友人もなく、自己嫌悪《けんお》にまみれながら暮らす自分をふとかえりみたとき、だれでもいいから安心して身も心もゆだねられるひとが欲しくて。

そんな淑貴の気持ちを知ってか知らずか、男は低い声で呟いた。

「きみもなにかあったんだろう」

「……………私も……？」

「全身を警戒心でがちがちに防備し、他人が内部に入りこむのを極端に避けている」

「……っ！」

その言葉になにもかえせなかった。うつむく以外に。

「傷つくのをひどく恐れている。過去にだれかにひどいことをされたのではないだろうか、と思ってしまうほど。だから、ずっと知らないままでいて欲しい、と最初のときに私にたのんだんだろう？」

知ったふうなことを言わないでください、といつもなら会話を中断させただろう。

けれど仮面をかぶって気が大きくなっているため、思わずひらき直ったように反論してしまった。

「いいじゃないですか、知らないままがいいと望んでも。そもそも仮面舞踏会というのはそういう場所じゃないですか。知らない者同士が仮初めの関係を楽しむ……」

「たしかにそうだが」

「なら、いいじゃないですか。私も現実を忘れたいときがあるんです。だめな自分を忘れたい、ひと夜の夢に酔いたい。仮面をつけたらそれができるって、あなたが言ったんですよ」

顔をあげ、淑貴はつい責めるように言った。

「……いったいなにがあって日本を離れたんだ」

その問いに、淑貴は皮肉まじりの笑みをうかべた。

「訴えられたんです。なにもしていないのに。それどころか何年もかけて集めたデータを盗られ、まじめにこつこつと築いてきた地位をなくし、なけなしの貯金もなくしてしまって」

「詐欺《さぎ》にでもあったのか？」

「ひとを好きになったんです。それだけです。ただ彼は私のことが好きじゃなくて……だますために近づいてきて。だからあなたがだまされたと言ったとき、他人事《ひとごと》に思えなくて」

何てことを話しているのだろう、自分は……。

だが、この男に自分が何者か知られていない安心感からか、不思議と解放的な感覚をおぼえ、ふだんは胸の底に沈めていたことを話していた。

「自分のおろかさが許せなくて……こんな場所まできて根無し草のような生活を送っている。なにもなければ日本でのんびりと暮らしていたのに」

「なら、それでよかったんだよ、きみは」

淑貴の肩に手をかけ、侯爵は甘い声でささやいてきた。

「よかった？」

いったいなにがよかったというのか。淑貴は眉をひそめた。

「私と会えた」

侯爵は唇の端をあげて微笑し、ひどく優しい仕草で淑貴の髪を撫でてきた。

その指のあたたかさに、全身の緊張がほぐされていくようだ。

「きみはここで私とゲームをしている。仮面で素顔をかくすことも知った。そして私の腕に抱かれ、肉の快楽がどういうものかを知った。きっとそのままの人生なら経験できなかったことだ。それをすなおに喜び、楽しめばいい」

何て都合のいいことを……と内心で苦笑いしながらも、たしかにそうかもしれないと思えてくるのが不思議だった。考え方をひとつ変えれば、そんなふうに思うことも可能だと思えた。

「そうですね。あなたに会えたおかげで、財の運用方法を考えることができました」

淑貴は苦い笑みをうかべた。

「財の運用方法？」

「ええ、あなたには感謝しています。あなたと知りあいにならなければ、私は億の金を動かす夢を見ることもできなかった」

たしかに、それを思うとよかったのかもしれない。

ここにこられて。このひとと知りあえて。

億の金を動かせるかもしれない夢など、日本で机にむかっていた自分なら考えもしなかっただろう。

「――夢？」

問いかけられ、淑貴はふわりとほほえんだ。

「さっき、おかえししたリストのことです。楽しかったんです、あれを考えているときは」

身分を告げるつもりはないので、自分が学者ということは告げない。

でもこれだけは伝えたかった。

「あなたのおかげで失っていた情熱がとりもどせました。それからずっと仕事がうまくいっている。人間関係もよくなっている。あなたは私にとって幸運の贈り主です。ですから、どうかあなたも悪運の持ち主などとおっしゃらないでください」

「きみは……やはりすごくかわいい男だ」

「え……」

「私はきみのことがもっと知りたい。素性や名前は言わなくていい。ただきみという人間の本質をもっと私に教えてくれ」

「侯爵……」

「きみが益々欲しくなった。ここで再会する前よりももっと」

そんなこと臆面《おくめん》もなく言われると、ほおに血がのぼって侯爵が正視できない。でも……それは決していやな言葉ではなかった。

欲しい、会いたい……と望まれているということは、少なくとも彼が少しでも自分に好意を示している証だから。

「そう言っていただけると、ホッとします。私などを少しでもお気に召していただけたのでしたら」

「きみは本当にかわいいね」

やわらかく微笑し、侯爵は淑貴の肩を抱きよせた。

「今夜はここに泊まっていきなさい。部屋を用意させた。きみはあれをかえしにくるだけではなく、私に会いにきてくれたのだろう？」

自分を見るその眸を正視できず、淑貴はうつむいた。

「ずっと会いたかったんだよ、きみに。あの夜以来、ほかのだれとも寝台をともにしていない。今夜、きみをこの腕に抱くことをどれほど楽しみにしていたことか」

ほおに侯爵の唇が近づく。なまあたたかな呼気がふわりと皮膚を撫で、それだけでシャツの下の肌が粟立ちそうだった。

「……あなたは淋しいんですか？」

淑貴の問いかけに、侯爵は仮面におおわれた眸を細めた。

「どうしてそんなことを訊く」

「あなたに会うまで、私も淋しかったんです。だから……」

「だから私も淋しいと思うのか。きみは……」

「すみません……またおこがましいことを」

「いや、いいんだよ。どうしてそうひと言ひと言がかわいいんだろうね。そうしたきみのすなおさを私はとても愛しく思うが、もう少し賢く立ち回れるようにならないとまただまされるよ」

「え……」

「尤も、恋の駆け引きに飽きた私には、きみのその裏表のないところがかわいくて仕方ないんだが」

裏表がない――？

それはない。現に仮面をつけることで自分はこのひとにかくしていることがあるのだから。

「裏表ならあります。知らないままでいられたいと思うようなことが」

「それは裏表とは言わないんだよ。きみの裏は、私の目には透けて見える。何とかして守ってやりたいとも思ってしまう」

言葉の意味が理解しがたい。小首をかしげた淑貴の背に侯爵は腕をまわしてきた。

そのまま柱の陰に連れていかれ、唇をふさがれた。

「ん……っ」

何度も顔の角度を変えてくちづけられる。ふっと仮面をとられ、現れた皮膚の上を風が撫でていく。

「ん……んっ……」

もう何度目になるのか。

すっかりおぼえてしまった相手からの慣れたくちづけはそれだけで狂おしかった。

自分から唇をひらき、口内に入ってきた彼の舌に自らの舌を絡ませ、恍惚となりながら倒れまいとその腕をわしづかむ。

「ふ……ん……っ」

甘く優しい溶けそうなくちづけ。

淑貴は奇妙な感覚をおぼえていた。自分はおかしくなったのだろうか。またこんなことをしている。見知らぬ相手と。

と同時に、もう一人の自分が告げる。

このひとなら大丈夫。知らないままでいてくれるのだから、また安心して、自分を解放すればいい。もっともっと壊してしまえばいい――と。

「……っ……ん……っ……」

舌を搦めとられ、根もとまでもつれあわせていく。

呼吸ができないせいだろうか、意識が霞んで夢のなかを浮遊《ふゆう》しているようだった。

やがて唇が離れ、淑貴の濡れた唇を指でぬぐうと、侯爵は低い声で言った。

「今夜も泊まっていくね？」

淑貴は浅く息を呑み、侯爵の顔を見あげた。

今夜も――。

いいね？　と彼のエメラルドグリーンの眸が問いかけてくる。

蠟燭の光を吸うと、なおいっそう翠が深くなる双眸。この眸はとても苦手だ。見ているだけで眩惑され、またすべてを壊されたくなってしまう。

「……はい」

うなずいた刹那、淑貴はふわりと彼の腕に抱きとめられていた。


まばゆい陽光が容赦《ようしゃ》なく南フランスの古城を灼いている。

日なたにいる者はひとりもいない。

はたして生きている者自体がそこにいるのかわからないほどの静けさ。

淑貴が中世の趣《おもむき》を残したこの古城の仮面舞踏会にやってきたのは昨夜のこと。

夜が明け、今はもう午後の太陽があたりを灼いていた。

石造りの客間の、薔薇の花びらが散りばめられた天蓋《てんがい》つきのベッドのカーテンのなかは、乾いた城外の暑さとはまるで違う蒸《む》れた熱気がたちこめていた。

寝台が揺れるたび、白いヴェールのようなカーテンのすきまから外の陽が漏れ入り、重なったふたりの影を石の床に長く刻んでいる。

ベッドが軋むたびにさらさらと音を立てて花びらがその影の上に落ちていく。

「……あ……ああ……は……あっ」

つながった部分に広がる愉楽の熱。自分の首に顔をうずめ、首筋に熱いくちづけをくりかえす男の長い金髪に指を絡め、淑貴は淫靡《いんび》な声をあげている。

「あ……あぁ……いい……あ……っ」

広げられた足の間に固い楔《くさび》を埋めこまれ、律動にあわせて腰を動かしている自分。

侯爵は仮面をつけたままシャツとズボンを少し乱しただけで、完全に衣服を脱いではいない。

あれからどのくらいが過ぎたのか。

仮面舞踏会の途中でここに連れてこられてから。

ほとんど明かりのささない薄暗い一室で、淑貴は若い貴族の腕に身をまかせ、淫らな狂態をさらし続けている。

夥《おびただ》しいほどの薔薇が敷き詰められたこの部屋に入ると、侯爵が言った。

『グレース・ケリーの好きな薔薇だ。モナコの人間にとって薔薇は心のふるさとのようなものだ』

『薔薇が?』

『だから、今夜はきみのために用意しておいた。きみと出会ったときをいつでも思いだせるように。土日の二日間、ここで心ゆくまでふたりで過ごそう。たがいのことをなにも知らないまま、ただ欲望のおもむくままに』

そうして天蓋つきのベッドで組みしかれ、ゆっくりと躰を重ねられて――――。

それからあとは、まるであてどのない旅を続けるような時間だった。

薔薇の花びらが舞い散るシーツのなか、官能の波に身をまかせ、どのくらいの時間が経ってしまったのかさだかではない。

途中、何度か眠りにつき、食事を運んできた侯爵の腕に抱きあげられ、目覚めるということをくりかえしていた。

そうして、また甘いくちづけを嵐のようにそそがれて。

今もまだつながったまま、侯爵が足をひらいた淑貴の浅い部分の抽送を重ねている。

熱く爛《ただ》れきった粘膜は少しこすられただけでも火花が散ったような快感が奔っていく。

「ん……ふ……」

根元から舌をからめとられ、息苦しさにくぐもった声が漏れる。

もう何度目のキスだろうか。気が遠くなるほど激しく口腔を責められていく。

「薔薇の匂いが移ってきた。きみには薔薇がよく似合う」

甘くささやく声。

寝台が軋むたびにふわりと薔薇の花びらが舞いあがり、あますところなく馥郁《ふくいく》とした香気が皮膚に染みこんでいく。

そのせいだろうか。薔薇の匂いが躰に溶けこむにつれ、全身の毛穴、皮膚の細胞、その奥に流れる血のすべてがことごとく羞《は》じらいを捨てさり、快楽を求め、ものなやましい熱をむさぼろうとしているようだ。

「きみはここが好きだね」

耳朶を軽く嚙まれる。

そう、初めてのときからそこに熱い息がふれただけで、たしかにずくんと下肢のあたりに熱が溜まってしまう。

「お願い……やめて……ん……」

首を縮こまらせ、ひざをすりあわせてシーツを爪で搔く。

「ここも感じやすいな」

首の裏側に唇を押しあてられる。

なまあたたかな舌先でうなじを舐められただけで、圧迫するのがわかり、淑貴はどうしようもない恥ずかしさを感じた。

「……ん……っ」

「この前よりもきみの吐息が甘い」

その声の振動だけで皮膚が粟立つ。彼の言葉は心地よい愛撫のようだった。

じわじわととろ火で焙られながら、躰が揺籃《ようらん》で揺すぶられているように甘やかな波に浮いたようになっている。

「……っ……あ……侯爵……そこ……は……」

ひらいた足の間にゆっくりと入りこんできた侯爵が狭い内壁を押し広げようとする。

薔薇の海にたゆたうような律動。甘い毒のような、熱い快楽の波に溺れている感覚。

腰を引きつけられ、根もとまで埋めこまれる。

けれどもう初めて穿たれたときの鋭い痛みはない。

じわじわと粘膜を圧迫するこの痛みはすぐに快楽へと変わっていく甘苦しい痛み。

「い……や………ぁっ」

視界に霞がかかる。

こうして何度も激しく突きあげられるうちに快楽が躰の芯まで支配しようとしている。

こんなにも自分が快楽に溺れてしまうなんて。

淫らな声をあげて、見知らぬ男の背にしがみついているなんて。

今度はいつ会えるかわからないせいなのか。それともこの男が愛しいせいなのか。

このひとは仮初めの恋人。名前も素顔も知らない。

だからこそ、こうして狂おしく抱きしめられていると、もう少しこのひとと一緒にいたい、このひとの熱を感じていたいという思いが湧いてきて。

——バカな自分。ゆきずりなのに……。

このひとはそんな相手にも億単位の贈り物を簡単にわたせるような立場の人間だ。

きっと自分からは想像もできない世界の人間ということはわかっている。

だからこの関係を長く続けようとか、自分が何者かを伝えようとか。

このひとが何者なのか知りたいとは思わない。

思ってはいけない。

知ったとき、現実を思い知らされることになり、きっとこの甘苦しい夢が一気に覚めてしまうはずだから。

でもだからこそ、少しでも長くこの夢のなかにいることを望んでしまう。

「侯爵……あ……っ」

今にも絶頂に達しそうで達しないもどかしい波のなか、うっすらとひらいた眸に自分を見つめる侯爵の双眸がぼんやりと見えた。

もう長い時間、自分をながめていたらしいその眸には、愛しいものを慈しむような光を感じる。

――あなたは……私をそんな目で見ていたんですか。

なぜかその目を見ているだけでこみあげるものがあり、まなじりが熱くなってきた。

そして気づいた。

自分にとっての躰の快楽は、心と同じところにあるのかもしれないということを。

きっと自分はこのひとに惹かれている。

これが恋なのか、近しい者への情のようなものなのかまだわからないけれど。

「きみは薔薇の花がよく似合う」

淑貴の唇に貼りついていた花びらを唇でよけ、侯爵がほおに唇をすりよせてくる。

薔薇……そういえば侯爵は薔薇が好きだ。

仮面舞踏会で会ったときも胸に薔薇を……。

「どうした、快感が過ぎてつらいのか？」

今にも溶けそうな雪を掬いとるような、これ以上優しくあつかえないというほどの仕草でその腕に抱きよせられる。

その腕に胸が締めつけられそうになって、淑貴はそこにほおをすりよせていた。

「いえ……ただ切なくて……」

「なにが切ないんだ？」

侯爵の声の響きは優しい愛撫のように胸を疼かせる。

髪を撫でる指が甘い蜜のように心まで溶かしそうだ。このままだと自分はもどれない場所に行ってしまいそうで怖い。

このひとへの気持ちを募らせてしまいそうで。だから切ない。

「あなたに……抱かれていることが……」

ぽつりと答えた淑貴の答えに、侯爵の胸が小さく喘ぐのがわかった。

「きみの、その無垢《むく》な素直さは……罪だな。私を変えてしまいそうだ」

彼はなにが言いたいのか。

問いかけようとしたが、そのまま狂おしそうに腰を引きつけられ、唇をふさがれ、新たな快楽の波に淑貴は大きく身をのけぞらせた。

「あ……っ」

自分の内側をゆきかう男。侯爵の昂りが体内を暴走していく。

その背にしがみ着き、淑貴は我を忘れたようにシーツの上で身悶えた。

「お願い、もっと。もっと……私のなかにきてください」

「きみは……どうしてそうかわいいことを言う。そうやって私を誘惑しているのか」

「……ただ……私は……本心を……口にしているだけで……」

「わかってる。それがわかっているからよけいに……いじらしい」

そう言って唇を擦りよせ、啄むような優しいくちづけをくりかえして、下からゆるやかに突きあげてくる侯爵。

「侯……爵……」

その背に腕を這わせ、律動にあわせて腰を動かす。

この関係はこのひとが自分に飽きたときが終わりだというのはわかっている。

知らないままでいる約束。そこから始まった関係だから。

「……お願い……」

淑貴は侯爵の手に自らの指を絡めた。

その動きを受け止めるように指のつけ根に侯爵が長い指を絡めてくる。

手のひらから伝わるぬくもり。

それを手放すのが怖かった。

なぜなのかわからないけれど、ずっと離さないで欲しくて。

立場も住む世界も違う自分たちは、こうして仮面をつけている間だけのつながり。

だからこうしている間だけでも手をつないでいたかったのかもしれない。

5　モナコ

『――次は半月後の仮面舞踏会で。ニースの港にきてくれ。迎えをやるから』

優しいキスとともにそんな約束を交わし、月曜の朝、淑貴はニースにもどった。

ふたりでいる時間、侯爵の存在は淑貴にとって蜃気楼《しんきろう》のようだった。

昨日まではたしかにそこにあったのに、今日はもうここにない。たどりつきそうに思えてたどりつかない場所に。

それでも躰にはしっかりと侯爵との秘め事の倦怠感が残っている。

朝になって彼の姿がなくなると、その余韻だけが侯爵の存在をたしかなものだと証明しているようだ。

だから、そのまま自分の躰のけだるさに浸っていたいような、甘美な時間に身をゆだねていたいような、そんな曖昧《あいまい》な気持ちになってしまう。

彼が敷き詰めていた薔薇の匂いが肌に染みつき、少し動いただけでその匂いが揺らぎでて、情事を思い起こしてしまう。

モナコの人間は薔薇の花は心のふるさとのようなものだと言っていたけれど、彼はいつも薔薇の花を胸に挿《さ》している……と思ったとき、先日、侯爵が言った言葉が脳裏をよぎった。

『アトリウムできみを見かけたときから……』

初めて会ったとき、あのひとはそう言っていたが——。

淑貴ははっと目を見ひらいた。

あのひとなのだろうか。

「彼は……もしや」

一カ月ほど前にカジノで、薔薇の花とモナコのホテルのメンバーズカードをくれたのは。

侯爵と自分がグラン・カジノで会う確率。

それは決して低くはない。

もしそうならば、あのときから、あのひとは自分のことを知っていたのだろうか？

想像をしたとたん、益々胸が熱くなってきたが、いつまでもそんな余韻に浸り続けることはできない。彼の正体は知らないままでいる約束だから……。

あと二日でワークショップも終了するので、しっかりと最後まで授業をつとめたかった。

ワークショップの終了日、玉泉は、教授会に淑貴を大学の講師として採用して欲しいと推薦する予定だと言ってくれた。

——そうなれば……この地でこれからもゆっくりと暮らしていけるんだけど。

そんな希望をいだいて大学に行ったが、この日はゼミ室にはリュシアンの姿だけがあり、ほかの五人の生徒が休む旨《むね》を知らされた。

今日からニースの郊外で企業のメッセが行われるので、残りの五人は仕事でそちらに顔をださなければならないために欠席したらしい。

「先生、中庭のテーブルで勉強しない？　今日は天気もいいし」

とリュシアンに誘われるまま、外にでる。

中庭の脇にある売店でソフトドリンクを購入し、紙コップを片手に、泉水を囲むようにならべられた石造りのテーブルについた。

「もうすぐバカンスだけど、先生、予定入ってる？」

レポートを淑貴が読むかたわらで、リュシアンが木漏れ日を浴びながら話しかけてきた。

あたりにはアーモンドやポプラの木々が緑の枝を広げ、さわやかな初夏の風が甘い薔薇の匂いを運んできていた。

「夏休みの話題はあとで。……このレポートだけど、ずいぶんがんばったんだね」

パソコンで打たれた分厚いレポートにざっとひととおり目を通すと、淑貴は思わず感心したように呟いた。

どこの企業の企画書か大学教授の学説か、と思うほどの内容だ。

アメリカでの雇用年齢差別禁止法が労働市場に与える影響について。

その大きな実証研究をサーベイしたものと、ヨーロッパで同じことになった場合の影響と効率性、そして歪み、相対的コストの実証……などが端的《たんてき》に列記されていた。

インターネットや大学の図書室の資料だけではとうてい作成できないような内容だ。

「――リュシィ……きみ、これは本当にきみが一人で？」

「どこか変だった？」

テーブルにひじをつき、リュシアンは艶やかな焦げ茶色の双眸でのぞきこんでくる。

思わず吸いこまれそうになり、淑貴は視線を落とした。

「いや、とてもいいレポートだから、ぜひ玉泉教授にも見せたいと思って。これ……少しあずからせてくれるか」

「あずかるもなにも、先生に評価してもらうためにだしたものじゃないか」

おかしそうにリュシアンが笑う。

「あ、ああ、そうだったね」

苦笑し、淑貴は鞄《かばん》にレポートをしまった。

今日はほかの生徒がいないのでこのまま終了してしまおうかとも考えたが、それではせっかく大学にきたリュシアンに悪いだろう。授業は明日で終わるのだから、もう少しなにかしたほうが。

「あの……きみは経済学をどうして専攻したんだ」

「何となく仕事の役に立ちそうな気がしたからだけど、やってみて初めてわかった、経済学と現実の経済ってあんま接点ないんだよな」

「仕事って、本職は船に乗ってるんだっけ？」

「つーか、まともな職についてねえんだよ。モナコとかニースとか、母親の実家のあるバルセロナといった南ヨーロッパを中心にふらふらした生活してて」

前髪をがしがしとかきながら、リュシアンは苦笑した。

「ふらふらって……」

淑貴は目をぱちくりさせた。

「夏は船で働き、冬は油田で働いてる。金になるからさ。最近、両親の遺した田舎《いなか》の家を観光客相手に改築して宿泊施設にしてるから…」

「ずいぶんがんばってるんだね」

淑貴は感心したように言った。

まだこの若さでそこまで働きづめとは。借金でもあるのだろうか。

それとも病気の家族がいて働かないと食べていけないとか。

「面倒みないといけない人間が多くてさ。兄が近くの港町で賭場《とば》をやってるんだけど、そのうちくれるって言うから、その前に経済学を勉強しとくといいかなっていうのもあったんだけど」

黒髪をかきあげ、リュシアンはくいと紙コップのドリンクを飲み干した。

港町の賭場を兄が経営。本人は定職についていない流れ者。マフィアの下《した》っ端《ぱ》かなにかだろうか。

「一緒にやる？　賭場の管理を先生にまかせると安心できそうだし」

リュシアンがちらりと淑貴を見る。

一緒になんて……。

だいいち自分にビジネスなど無理だ。そもそも象牙の塔以外の世界を知らないのだから。

もちろん、経済学的に企業のありようについて考えるのは好きだが。

たとえば賭場の経営というのはカジノのような場所の場合、客を楽しませつつ、賭金をうまく吸いとるにはどうしたらいいか……などと考え始めるとすごく楽しそうだが、現実的にその仕事につくのは無理だと思う。

一瞬、真剣に考えた淑貴に気づいた様子で、リュシアンがくすりと笑う。

「先生、今、本気になって計算しただろ」

淑貴の肩をたたき、リュシアンが笑う。

「――計算？」

「どのくらい儲《もう》かるかとか、どうしたら利益が得られるか。頭のなかで係数を割りだし、ジップの法則を駆けめぐらせていたはず」

「よくわかるね」

淑貴はくすっと笑った。

「先生、すぐ思考がそっちに行くから。四、五回、セミナーを受けたらわかるよ」

「そう？」

「ああ。でも、おれ、先生は学者にはむいてないと思うんだよな」

「え……」

淑貴はまっすぐリュシアンの顔を見つめた。

「それってやっぱりたよりないから？」

肩を落としかけた淑貴に、あわてた様子でリュシアンがかぶりをふる。

「違う違う、先生の思考回路って実用的なんだよな。実社会むきっていえばいいのか。経営とかのほうがむいてると思うぜ」

「そう……なんだ」

知らなかった、そんなふうに他人に受け止められていたなんて。

「でも会社の経営とかはむいてねえよ。先生ってよくも悪くも学者肌で世間ズレしてないから、損得で動くより、純粋に利潤の追求にいそしんだほうがいいよ」

学者肌。世間ズレしていない……。

次々とでてくるリュシアンの言葉に淑貴はただ目を丸くしていた。

これまでこうして他人に分析されたことなどないから。日本にいたころの自分は人間関係よりも学者としての研究に夢中だった。クールにしていることで自分の実力を認めてもらえるなら、その方がいいと思って経済学ひと筋にやってきた。

だから三宅の甘い言葉にころりとだまされてしまったのだ。

「きみといると不思議だ。違う自分が見えてくる」

笑顔でそう言って、はたと気づいた。

違う自分……。自分ではない自分になることを。

カジノで不正をしたり、パーティで仮面をかぶったりしなくても、こうして自然に他人とコミュニケーションをとるうちに、どんどん自分が変わっていくこともある。

そのことに、今、初めて気づいたように思う。

「やっぱり笑った顔は綺麗だ」

侯爵に似た双眸でまっすぐ見つめられ、心臓が緩慢に脈打った。

「先生…おれ、ずっと先生とはつきあっていきたいんだけど。このゼミが終わったあとも」

「それって……友達として？」

「友達じゃないほうがうれしいけど、最初は友達でもいいよ」

リュシアンが淑貴の手首をつかむ。

「……っ」

ぎゅっと骨に喰いこみそうなほど強くにぎられ、淑貴は吹く風に髪が乱れるのもかまわずリュシアンの顔を見た。

——この手の感触……。

やっぱり侯爵と似ている。体温も骨の感触も。

そのせいだろうか。どうしていいかわからなくなって困ってしまって。

「あの……リュシアン」

「さっきみたいなそんな笑顔をむけられると、おれ、それだけで恋に堕ちそうなんだけど」

「——恋って……？」

本気で言ってるのだろうか。それともからかっている？

「やっぱ、友達ってのはやめ。……先生のこと、好きになっていい？」

真摯に言われ、淑貴は意味がわからず硬直した。

恋に堕ちそう。好きになっていい？

甘やかな声でささやかれたフランス語が脳内で鳴り響く。火事を伝えるときの半鐘《はんしょう》のように。

「困ったことを言わないでくれ。私はきみの教師だぞ」

突き放すように告げたつもりだったが、動揺のあまり少しばかりフランス語の発音がまちがっていたかもしれない。

「生徒とか教師とかって関係ない。ただ、おれは、先生が好きなだけ。クールで、ミステリアスで、優しくて綺麗で……」

こちらの心の揺れを知ってか知らずか、リュシアンは臆面もなくそう言うと、深い琥珀色の双眸で甘やかに淑貴を捉えて微笑した。

「私からすると、きみのほうが神秘的だよ」

場末の船乗り風の学生かと思えば、時折、かいま見せる上品な風情。カジノや仮面舞踏会にまぎれこんでいても不思議はないような。

頭が軽いのかと思ったら、経済学に関しては正規の生徒にも負けない明晰《めいせき》な頭脳をもつ。

自分がこんな男だったらどれだけうれしいだろう。

自由で気ままで美しくて。

「なら、おれとつきあってよ」

「私は男だよ」

「知ってる。なあ、とりあえず一度おれとためしてみない？　一回寝たら、きっと離れられなくなると思うから」

その傲慢《ごうまん》な物言いも、この容姿で臆面もなく言われるとそれが真実のように思えてどきどきしてし

まう。

「そんな冗談を口にするのはやめなさい」

「おれでは……だめ？　先生の恋人になれない？」

真顔で顔をのぞきこまれる。

彼が恋人だったら……きっと毎日が楽しいだろう。いつも楽しく笑って過ごせそうで。

——でも。

だめだ、こんなことくらいで胸を騒がせては。

ちょっとくどかれただけで舞いあがってしまうのは、自分の恋愛経験値が少ないせいだ。

侯爵に似た風貌の、こんなに素敵な相手から好きだと言われただけで、ついうれしくなってしまう
単純な自分が情けない。

「教師をからかうのはやめなさい。私は同性になんて本当に興味がないから」

「じゃあ、何で彼女の一人もいないんだよ」

「きみに関係ないことだ。私は経済学にしか興味はないんだよ」

言いながら、よかった、自分の口から冷静な言葉がでて、とほっとしていた。

自分は……侯爵と関係を続けている。

顔をかくし、素性を知らせないまま、刹那の関係を。

あれから世界があかるい方向に変わっている。

リュシアンとこんなふうに楽しい時間を過ごしているのも、彼と知りあったからこそ。彼に自信と

情熱をとりもどしてもらったがゆえ。

だからあれだけでいい。今のままがいい。蜃気楼のように消えてしまう関係だからこそ大胆になれた。もう相手に踏みこむような恋はしたくない。

「じゃあさ、気が変わったら声かけてよ。おれ、いつでもOKだから」

にこやかに微笑するリュシアンの、侯爵と酷似したこと。

それに、声も似ている。

――あなたは……侯爵ですか？

ふいに問いかけたい衝動を感じ、淑貴はじっとリュシアンを見つめた。

「なに？」

小首をかしげ、リュシアンが顔をのぞきこんでくる。

「……リュシアン、あの……」

金髪の兄弟……いる？

そう訊きたかった言葉を喉の奥に呑みこんだ。

さっき……賭場を経営している兄がいると話していたではないか。

それが侯爵であるわけないのだから。

「どうしたの？」

「ううん、何でもない」

「先生？」

「ごめん……本当に何でもないんだ。さあ、時間もないことだし、勉強しようか」

気をとりなおしたように微笑し、淑貴はテキストをひらいた。

淡々と課題について説明しながらも、すぐそばにいるリュシアンの存在に胸苦しさを感じて声がふるえそうになっている。

気づかれてはいけない。こんな動揺は。

もしかすると彼が侯爵とゆかりのある人間ではないかという疑念。

まるで雰囲気が違うのに、顔の輪郭、声、それに彼から伝わる空気の振動、皮膚にふれたときの感覚のなにもかもが侯爵との記憶をよみがえらせてしまう。

いくら外国人の区別がつきにくい、鈍い性質をした自分だといっても、このふたりが近しいものをもっていることくらいわかる。

突然、同じ時期に自分の前にあらわれたふたり。

同じように自分に甘い言葉をささやくふたり。

生き別れた兄弟がたまたま自分の前にあらわれた……などという偶然よりは、他人のそら似で、たまたま自分の好みの男性だったという確率のほうが統計学的にも正しい気がしてくるが。

——でも……。

淑貴はテキストの内容を説明しながら、ちらりと横目でリュシアンの顔をたしかめた。

侯爵とは暗がりのなか、マスクをつけた状態でしか会ったことがないので、その顔を詳細に知っているわけではない。

もしあのマスクの下にこの顔があったら……と、パーツとパーツをあてはめても何の違和感もない。

むしろそれ以外の顔が思いつかない。

——どうしよう……混乱している。

侯爵のマスクの下の顔を知らないから……どうしてもリュシアンの顔を想像して。

◇◇◇

扉が開くと、人工的な光の洪水《こうずい》に目が眩《くら》んだ。

巨大なボヘミアングラスのシャンデリア。

黒いスーツのネクタイを直し、淑貴は切れ長の目をうっすらと細めた。

「——ようこそカジノへ」

三十本近いオニキスの円柱。繊細な金細工が散りばめられた宮殿のような広間。

いつもは、ここに夢を見るためにきていた。

でも今は違う。現実を知るためにきている。

侯爵の顔をたしかめるために。

遠くからでもいい、彼の風貌がリュシアンと違う顔だと知ることができれば。

そんな思いをいだき、夕刻、授業を終えると、淑貴はいてもたってもいられず車を飛ばしてモナコのグラン・カジノへとやってきたのだ。

リュシアンと話しているうちにどうにも気になった……侯爵の素顔を求めて。

――ここに……侯爵は……いるだろうか。

スロットマシーンやカードゲームを楽しむ部屋。

それにルーレットの音やジュトンを運ぶ音。人々のさざめく声。

一番奥ではバカラの円卓では、タキシードを身につけた紳士やゴージャスなドレスを纏ったマダムたちが優雅にマネーゲームを楽しんでいた。

淑貴は立ち止まって、周囲をたしかめた。

この手のなかのカード。もし、侯爵があのときの男性なら、またここにくる確率が高い。

そう思ってやってきたのだが、どこにも長い金髪をもつ、長身の男性はいなかった。

――侯爵は……今夜はいないのだろうか。

カジノには、その奥に賓客しか入れない特別の部屋があるという。もしかするとそこにいるのかもしれない。

そんなことを考えながら、あたりを見まわしたときだった。

「……淑貴先生?」

低く抑揚のある声音が響いた。

――その聞きおぼえのある声は……。

ふりむくと、柱の陰に長身の男が立っていた。

淑貴は瞠目した。

「やっぱ、淑貴先生だ」

軽そうな口ぶりとは対照的に、悠然とした紳士のようなフランス人。

肩まで伸びた艶のある黒髪を後ろでしっかりと縛り、前髪も綺麗に整えられていた。

肩幅から腰までが官能的なラインの、すらりとした体軀をひと目で質のよさがうかがえるブラックスーツで身を包んでいる。

シャツも黒。ネクタイだけが白い。バカラの卓にいたハリウッドの男優か、イタリアマフィアの美貌の幹部でもやってきたのか、と一瞬だけ目を疑ってしまった。

尤も、淑貴にはそれがすぐに誰なのかはわかったが。

「リュシィ、どうして――」

完璧なまでに整った、南欧系の彫りの深い精悍な風貌。

陽に灼けた浅黒い肌。

アトリウムから提げられた豪華なシャンデリアの光がスポットのようにその男の頭上から降りそそぎ、優雅な長身の淡いシルエットが大理石の床に細長く刻まれていた。

彼がどうして、こんな場所に。

しかも、彼のためにあつらえたような上等そうなスーツを着ている。

ふだん大学で見かけるときの、オープンシャツと革のパンツ姿しか知らない自分にはかなりの驚きだった。

「意外だな。淑貴先生がカジノにいるなんて」

あかるい笑みを見せるリュシアン。

しかし淑貴は驚きに声を失いそうになった。

――どうしてリュシアンがカジノに。自分は侯爵をさがしにきたはずなのに。

やはり彼は侯爵と関係があるのだろうか。

そんな不安を感じながら、淑貴はさぐるように訊いた。

「きみこそ、どうしたんだ。そんなたいそうな格好をしてカジノだなんて」

すると困ったような顔でリュシアンは苦笑を浮かべる。

「バイトだよ、バイト。金持ちのマダムをエスコートするバイト。友達から臨時でたのまれてさ。でないとだれがカジノになんて…」

くるわけねえだろ、とリュシアンは大げさなほど両手を広げ、肩をすくめてみせた。

その、少しばかり悪そうなオヤジくさい風情。ふだん大学で見かけているときと同じ様子。

「そんなバイトがあるなんて知らなかったよ」

「未亡人や実業家の女性相手にけっこう需要《じゅよう》があるんだぜ。なにせ、この容姿だろ、ニースの港にいるとよく声をかけられてさ。大学側には内緒にしておいてくれよ。あそこはベネディクト修道会が経営してるから、規律にうるせえんだよな。だから秘密」

リュシアンがすっと人差し指を自分の唇にあてる。

バツの悪そうな、恥ずかしそうな様子に、淑貴は内心でほっと安堵の息をついた。

「それで、そのマダムっていうのは?」

淑貴はあたりを見まわした。

「今さっき、むかいのホテルまで送ってきたとこ。ちょうどホテルからでてきたときにさ、カジノに入っていく先生の姿が見えたから、驚いてもどってきただけ」

金持ちのマダムたちのエスコート……か。

たしかに彼の容姿はただ凄艶に整っているだけでなく、どことなく上品な優雅さも感じさせ、こうしているとどこかの青年貴族に見える。

たしかにそういうバイトも可能だろう。

淑貴は目を細め、正装したリュシアンの全身を見た。

日本には、馬子《まご》にも衣裳——ということわざがあるが、身につけているものを変えるだけでこうも典雅な紳士になるとは。

「きみは、こうした華やかな世界のほうがあってるんじゃないか。大学で勉強するより板についてる気がするけど」

腕を組み、斜めに見あげて尋ねる。

「それ、嫌味？　ひっでえの、おれの頭が悪いからって」

リュシアンは傷ついたような顔で言った。

あーあ、と肩を落としてがっくりする姿にあわててかぶりをふる。

「違う違う。驚いただけだよ、きみがあまり立派に見えるものだから」

どう説明すればいいのだろう。

一見、荒くれ者風なのに、仕草の端々にこの青年は優雅な空気を自然とまとっていて、この場にいるほうが大学で講義を聴講している姿よりもずっと自然に見えるのだ。

だからよけいに侯爵との縁を疑ってしまうのだ。彼の縁者ではないかと。

「驚いたというなら、おれのほうだよ。淑貴先生にモナコのカジノなんて……まったくあってない感じじゃないか」

「あってない？」

「だってさ、先生って、経済学以外に何の興味もない学者だろ？　どうやったら企業が最適な財の活用をするのか、一日中、経済学的な価値観で考えてる先生がさ、グラン・カジノでバクチって……なんか変じゃないか」

さも不思議そうに言われ、淑貴はすっと視線を落とした。

たしかに意外かもしれない。

日本での事件がなければこんなところをさまようことはなかったのだから。

でもこの一年、自分にはここが必要だった。

宮殿のように美しいこの空間で、一過性のものだとわかっていてもカードカウンティングをして、ささやかな自信をとりもどす。それが自分には……どうしても。

侯爵と会って、研究への情熱と学者としての自信をとりもどすまでは、難破船のように行くあとを失っていた自分にとっては唯一の道しるべのようなものだった。

「……先生？」

横顔をのぞきこまれ、淑貴ははっと目線をあげた。

「不思議じゃないよ、私には必要な場所だった。今は……そうではないけど、ついこの間までの私は、ここがあったおかげで見知らぬ異国でもひとりでやり過ごすことができた」

ひとりごとのようぽつりと言った淑貴に、リュシアンが目を眇める。

「じゃあ、今はひとりじゃないってこと？」

ひとりじゃない？　淑貴は小首をかしげた。

「……よくわからないんだ、ひとりなのか、ひとりじゃないのか」

言いながらよくわからなくなってきた。自分がなにを言いたいのかが。

「どういう意味？」

「ううん、何でもない」

淑貴は小さくほほえんだ。

侯爵とのことは、蜃気楼のようなもの。たしかなものはなにひとつない。自らがそれを望んで始めた関係だけど、ここにきて後悔をおぼえている。

彼と自分を結びつけるものはなにもない。このポケットに入ったメンバーズカードも彼からのものだという確証はない。

おそらく彼からのものだろうと思っているだけで。

「そろそろ遅くなってきたから帰るよ。じゃあ、また明日学校で」

淑貴はそう言うと、リュシアンに背をむけた。しかし後ろから腕をつかまれる。

「……っ」

躰を反転させられ、ふりはらうよりも早くリュシアンの長い腕が腰を抱いていた。胸が重なりあい、さわやかなライムの香りがほおのあたりに触れる。

「リュ……シィ？」

見あげると、キャンパスでは琥珀色に見える眸が、淡いオレンジ色のシャンデリアの光を吸って甘やかなターコイズグリーンに染め変えられていた。

青とも緑ともとれる麗《うるわ》しい眸の色に、一瞬、眩惑されたように淑貴は息を止めた。

「先生、おれもひとりなんだ」

「リュシィ……」

「とりあえず、ひとりもの同士、一緒にご飯でも食べないか」

リュシアンは親指を立て、小首をかしげながらクイと外を指さした。

「ご飯？」

「そう。この街でひとりで食事するのもつまんねえから。腹、減ってない？」

「でも……私は、お腹は空いてなくて」

と言ったと同時に腹が小さく鳴った。あわててそこに手をおいた淑貴に、リュシアンはひとの悪そうな笑みをうかべる。

「減ってんじゃん。……じゃあ、今からモナコでおれの一番好きな店に連れてってやる。こいよ」

ぐいと手首を引っぱられる。

「え、ちょ、ちょっと待って……あっ」

思わずつんのめった足もとが踏ん張る力をなくし、躰がういたようになった次の瞬間、淑貴のウエストはリュシアンのたくましい腕が支えていた。

――えっ……。

その刹那、淑貴は自分のうなじにさらりとした髪が流れ落ちてくる錯覚を感じた。いつも侯爵に抱きしめられているときのように。

いや、それだけではない。

このウエストを抱き留めた腕のがっしりとした力強さ、ふれあった場所から伝わる体温が侯爵のそれを再現しているようで、全身の皮膚が総毛立ちそうになった。

「きみは……」

今にも爆発しそうな心臓の鼓動を息を殺してこらえ、恐る恐るふり仰ぐ。

しかしそこにいたのは侯爵ではなく、生徒のリュシアン。肩までしかない彼の髪が淑貴のうなじに落ちてくることはない。

「平気?」

そっとひきあげられ、リュシアンの躰が離れる。一瞬、ふたりの躰に隔たりができたことすらも、自分から侯爵の体温が消えるときを思いだし、わけもなくやるせない気持ちになった。

「先生、大丈夫?」

こちらの様子を不思議に思った様子で小首をかしげるリュシアンに、淑貴はハッとわれにかえる。

「あ……うん、ごめん。ありがとう」

笑みを作り、わずかにゆるんだネクタイの結び目を直す。

「じゃあ、行こうか」

目を細めて微笑し、リュシアンが手を差しだす。手をつなごうとする彼のその仕草があまりにも自然だったので、淑貴は当然のようにそこに手を伸ばした。

そのまま階段を降り、カジノ広場にむかうリュシアンからほんの少し遅れて歩いていく。

淑貴の胸のなかでは、いまだ心臓が騒がしく鳴っている。

今さっき、感じた妙な気配。後ろから侯爵に抱きしめられたような感覚は何だったのだろう。

——たしかに……ここにいるのはリュシアンだけど。

ちらりとたしかめるように淑貴は斜め後ろからリュシアンを見あげた。

公園の脇の坂道を降りる車のヘッドライトがその端整な横顔を照らしては通り過ぎていく。

こうしてじっとそこに視線を注いでいると、彼のシルエットは侯爵をそのまま写しとったように見えて混乱がひどくなる。

ほおの稜線、くっきりとした鼻筋、それに首のつけ根や肩のライン。

もしかして侯爵とのことはすべてが夢のなかの出来事で、自分の前には最初からリュシアンしかいなかったのではないか。

それとも、このおとぎの国モナコで魔法にかかってから自分はずっと幻影を追っているのか。

そんな埒《らち》もない発想が湧いては消えていくが、今こうして自分の手をつかんでいるリュシアンの存在がたしかなことだけはわかっていた。

「――綺麗だよな、いつ見てもここの夜景は」

リュシアンの言葉に釣られてふりむくと潮風に前髪が揺れ、港ににじむヨットハーバーの夜景がきらきらとにじんで見えた。

夏至《げし》の時期、このあたりは午後十時を過ぎた今ごろからようやく暗くなってくる。

「ああ、幻想的だね」

「上に行けばもっと綺麗だぜ」

リュシアンは、四方の建物がまばゆくライトアップされたカジノ広場を通りぬけていった。

見あげれば地中海地方特有の、透きとおるような月。

大型車が次々と乗りつける大きなロータリーの前をぬけ、坂道に沿って造られた長方形の庭園に入っていく。

そこには今が盛りとばかりに薔薇の花が咲き誇っていた。

人工の光を浴びて煌めくモナコのシンボルカラー――赤と白の薔薇の優美なこと。

新緑の木々がうっそうと植えられた林のような庭園。

公園のそこ此処から揺らぎでる甘い薔薇の香りを吸いこむ。つかの間、鼻腔に入りこんできたかと思うと、風に包まれて流れ消えてしまうつかみどころのない匂いだった。

南フランスの太陽がはぐくんだ官能的な芳香。

リュシアンと手をつないだまま、まぶたを閉じて、庭園からたゆたってくる馥郁とした匂いを肺腑へと染みこませていくうちに先日の古城で感じた恍惚が呼びさまされそうになってきた。

侯爵とリュシアンは手の感触も似ている。

だから薔薇の香りを嗅ぎながら手をつないでいると、今こうして絡んでいる指先が、先日、睦言《むつごと》のときに絡めた感覚を彷彿させ、指のすきまが汗ばんできて息苦しい。

だから混乱してしまう。このひとが侯爵じゃないことのほうが不思議に思えて。

淑貴は恐る恐るそのほおにもう一方の手を伸ばした。

侯爵とは仮面をつけたまま、暗がりのなかで逢瀬をかさねただけ。でもこの手がその輪郭をはっきりとおぼえている。

だからもしかすると同じ肌ざわりを感じたら……。

しかしふれるかふれないかで淑貴は手をひっこめた。

「先生？」

怖い。もしリュシアンのほおにふれ、そのあごや首筋が侯爵と同じだったら……と思うと。

胸が詰まりそうになるのを感じ、淑貴は視線をそらした。

「先生？」

「……ううん、何でもないよ」

自分はおかしい。混乱している。

リュシアンは侯爵ではないのに、あまりにもふたりが似ているせいなのか、モナコの街を彩る無数の薔薇の甘やかな香りのせいなのか、侯爵といるときと同じように胸が疼いてしまって。

――私は……どうしたのだろう。

ふたりにまったく同じ感情をいだいているように思う。

「あの……きみは……本当は……」

侯爵なのか――？　と思いきって問いかけようとしたそのとき、ぱらぱらと音を立てて頭上をヘリが通りかかり、音がかき消されそうな勢いに淑貴は先に言葉を呑みこんだ。

「――なに？」

眉をよせ、リュシアンが首をかしぐ。

「うん、あのきみは……」

と言かけたたものの、今度は吹きぬける風の冷たさに、淑貴は軽い身震いをおぼえて口もとに手をあてた。

「……っ！」

今にもでてきそうなくしゃみをこらえたせいで、クッと変な音で喉を鳴らしてしまった。

「ごめん……急に冷えて」

「ああ、このあたりは陽が暮れると冷えるから」

リュシアンはタキシードの上着を脱いで淑貴の肩にかけた。

「はい」

ふわりとしたぬくもりに包まれる。つい今までリュシアンが着ていたときの体温が残っていて、自分の躰が骨まで冷えていたことに気づく。

「いいよ、これは。きみが寒いだろう」

しかしとっさに肩からとろうとした淑貴の手をリュシアンが止める。

「おれは先生よりもここの気候に慣れてるから。昼間がどんなに暑くても、地中海の夜はけっこう冷えるんだ。そのままだと風邪をひくから」

その優しい声に釣られて見あげると、美しい琥珀色の双眸と視線が絡む。

夜の光の下では甘やかさが増していつもよりあたたかく見える。

だめだ、この眸を見ていると胸が疼き、背中のあたりに妖しい熱が溜まりそうになる。

呼気が浅く押しあげられそうな気配を感じ、淑貴はそれをこらえるためにうつむき、リュシアンの上着ごと自分の躰を抱きしめた。

「あの……リュシィ……」

「はい？」

耳もとでの問いかけに、淑貴はごくりと息を呑む。肌寒いはずなのに、手のひらには汗がにじんでいた。

「……あの……きみは……」

たしかめたいのか、たしかめたくないのか。

自分はなにを望んでいるのか。それすらもわからない。

リュシアンが侯爵であって欲しいのか、侯爵でないほうがいいのか。

ただふたりに対して、同じような感覚をいだいてしまいそうな自分に混乱していて。

経済学のことを考えているときは容易に一本の線につながる思考回路をもっているのに。

自分の感情に対しても同じ。

ストレートにしか物事を考えられない性格だと思っていたのに、リュシアンと侯爵のことになると、どういうわけか思考と感情のあちこちがほつれ、こんがらがってもつれてしまって、自分で自分がわからなくなっている。

ただわかるのは、ふたりのそばにいると空気の振動から同じような甘美な気配を感じ、躰の芯が熱くなって、どうしようもなく苦しくなって。

「どうしたの、先生、なにが訊きたいの？」

「うん……あの」

知りたい。けれど知るのが怖い。はっきりとした形でなくていいから、なにかたしかめる方法はないだろうか、と思ったとき。

「そうだ」

淑貴ははっと顔をあげた。

「英語……英語は話せる？」

侯爵はいつも流れるようなキングスイングリッシュを話す。リュシアンが侯爵ならば、少なくとも似たような英語を話すはずだ。

「英語？　それなりに話せるけど」

「じゃあ何でもいいから、言ってみてくれないか。たとえば簡単なあいさつでも、今思ってること、何でもいいから」

急かすような淑貴の言葉に、リュシアンはわけがわからないといった様子で、しかしそれでも英語で簡単な単語を口にした。

「先生、好き。先生がいないと淋しい、先生がいつもここにいてくれたら……と思ってる」

リュシアンの英語の下手なこと。

フランス語訛りのめちゃくちゃな発音だった。

——こんなに変な英語……初めて知った。

音の違いを発見しただけでなく、文法がめちゃくちゃだった。

himがitになっていること、whomがwhoになっている。加えてフランス語と同じ文法になっていることに、淑貴は苦笑を禁じえない。

彼は侯爵でないだろう、こんなにも違うのだから。

淑貴はほっと胸を撫で下ろした。

——考えてみれば、そんなわけはないか。

冷静になっていくにつれ、考えが明確になっていく。

たとえばもしリュシアンが侯爵ならば、わざわざ髪や目の色を変え、言葉や雰囲気も変えて、自分の前で他人のふりをする必要性もない。

仮面舞踏会で躰の関係をもった翌日、平然と他人のふりをして大学にあらわれるようなことはない。

そもそもそんなことをしても何のメリットもないはずだから。

「よかった、きみの英語……文法がめちゃくちゃで」

淑貴はふわりとほほえんだ。

「よかったって……それ、嫌味？」

リュシアンが口もとを歪める。

「そうじゃない。いいんだよ、それでよかったんだよ」

けれど「よかった」と思う気持ちと同時に、どこか拍子抜けしたような気持ちがあるのも事実。

ふたりには、別人でいて欲しいと思う。

けれど淑貴の心の底には複雑な感情が駆けめぐっている。

ふたりに同じような感情をいだいてしまいそうな現実を思うと、ふたりが同一人物でいてくれたほうが救われる。

素性も顔も知らない侯爵がリュシアンであってくれたなら、彼との関係が蜃気楼のようにいつか消えてしまうものではなく、たしかなものにしていくことが可能に思えるから。

——ものすごく卑怯なのかもしれない……私は。

侯爵との関係は自分たちの身分の違いから仮初めのものだとわかっている。

だから侯爵にいだいている想いをそのままリュシアンにスライドしているのかもしれない。

ふたりがあまりにも似ているから。

もっと似ているところを発見し、これなら同じような感情をいだいても仕方ないと自分に言い訳をして、侯爵への行き場のない想いをリュシアンという存在に変えて昇華させようとしているのだろうか。

だとしたら、それは侯爵にもリュシアンにももうしわけないことだ。

「本当によかった、きみの英語が下手で」

ふわりと笑った淑貴に、リュシアンは怪訝《けげん》な顔で言った。

「先生さ、英語のことに必死で、今のおれが英語で何と言ったか、ちゃんと言葉の内容まで聞いてなかっただろ」

「——言葉？」

「わかって聞いてた？」

「ごめん」

淑貴は苦笑した。自分の考えに囚われ、たしかに言葉の意味までは聞いていなかった。

「ごめんごめん。で、きみは何て言いたかったの？」

笑いながら訊いた淑貴に、リュシアンはひどく真摯なまなざしをむけた。

「おれ……」

さーっと吹きぬけた風が彼の甘くかすれたフランス語を鼓膜に運んできた。

「先生が好きだ」

「……な」

好き……。一瞬、あたりの風景が止まったような気がした。

夜の光を浴びてきらめいていた泉水も、風に揺れていた薔薇の花壇も。

「リュシィ……」

「……淋しそうでさ、先生のこと、放っておけない」

ほおに手をかけられ、胸がざわめく。

いやだ、聞きたくない。それ以上、言われたら自分はどうしたらいいかわからなくなる。

「こんなに綺麗で、賢くて、まじめで、心も透明で、前途洋々としている学者なのに……先生、いつも淋しそうな顔をしてる」

そんなこと、口にしないで欲しい、と思った。それは言わなくていい真実だから。

「淋しそうなのは、恋人が欲しいから？」

リュシアンの問いかけに、淑貴は首を左右にふる。

「おれのこと……嫌い？」

淑貴はもう一度かぶりをふる。嫌いじゃない。嫌いじゃないからこそ。

——好きだ。

その言葉が耳をかすめたとき、一瞬、胸が詰まりそうになった。

「だけど……どうして私なんかを」

日本人がめずらしいのか、ただ自分のようなタイプが新鮮なのか。

「先生のまっすぐなところが好き。先生の前だと、気どらなくていいし、呼吸が楽にできるんだよね。だから先生も少しずつ好きになって」

リュシアンがあごをつかみ、顔を近づけてくる。

「……っ」

驚いて睫毛を揺らした瞬間、軽く唇がふれあいそうになった。

皮膚をかすめる吐息の熱さ。

そのまま唇をかさね、彼の唇にふれてみたい。そんな衝動をおぼえた。しかし。

「……だめ……」

淑貴は唇が重なりそうになった刹那、顔をずらした。

いけない。くちづけは侯爵から教わったもの。同じような形の唇をもつリュシアンとしてしまったら、自分は本当にどうしようもないところに堕ちてしまいそうだ。

とりかえしのつかない深い闇の底に……。

「先生……お願い」

リュシアンがなおも顔を近づけてくる。しかし淑貴は手に力を加え、彼の肩を突っぱねた。

「だめ……きみとはキスできない」

たのむから……キスはしないで……と淑貴は彼を突き放し、背中をむけた。

「きみとだけはキスできないんだ」

淑貴はきっぱりと言った。

「どうして。おれのこと、好きになれそうにない？」

後ろから肩をつかみ、リュシアンが耳もとで問いかけてくる。

「……っ」

淑貴は言葉をつまらせた。好きか嫌いかと問われれば……好きという感情しか残らない。

でもそれがリュシアン本人を好きになったからなのか。

侯爵の代替品として彼を求めているのか。

いずれにしろ、自分はひどいことをしているというのだけはわかる。

「困る……私は教師で、きみは生徒で……」

奇妙なほど声がうわずっていた。

教師と生徒ということは言いわけ。本当は自分の混乱から逃げたがっているだけ。

「教師と生徒なんて関係ない。だいいち、おれ、正式な生徒じゃないし」

淑貴の躰を反転させ、リュシアンが真摯な顔で言う。一瞬、目をあわせたあと、淑貴は視線をずらして振りきるように言う。

「この間も言っただろう。私は男に興味はないから」

思ったよりも冷静な声で、おちついた反論ができた。

「だからもう……困ったことは言わないでくれ」

淑貴は早足で歩いた。

やれやれとためいきをつき、後ろからリュシアンがついてくる。

きっと、彼は頑ななやつだとあきれたに違いない。

でも受け容れることはできない。

自分自身ですら名状《めいじょう》しがたい曖昧な感情のまま、リュシアンに気のある素振りはできない。

ならば、いっそ同性には興味のない強情なやつだと思われていたほうがいい。

そんなことを考えながら進んでいくと、突然視界がひらけ、目の前にライトアップされたクリーム色の教会が現れた。

——教会……。

こじんまりとした上品な外観の教会だ。

淑貴は足を止め、教会を見あげた。するととなりに立ち、リュシアンがおだやかな声で言う。

「ああ、それはモナコの守護聖人を祀ったサント・デボト教会だよ」

さっき淑貴が突っぱねたことは気にしていないような、平素と変わらない彼の態度に内心で安堵の息をつく。

「守護聖人?」

「そう。モナコの港には、昔、難破船がよくたどりついたんだ。だから毎年、この教会では一月に漂流者の霊を弔う。ここから見える港はさまよえる魂のたどりつく港という言い伝えがある」

「さまよえる魂の……」

ああ、だからこの国は世界中から多くの旅行者を呼び寄せるのだろうかと思った。

自分もそうだったから。

どこか遠くに行きたいと思ったとき、知らずこの国を選んでいた。見えない海原をさまよいながらたどりつく場所をさがす難破船のように。

「でもそんな言い伝えは、地中海の港町にけっこう残ってるんだぜ。おれの母親の故郷のバルセロナにだっていろんな伝説のある港町だと」

「バルセロナ？　スペインの？」

「といっても、郊外のほうだけど。先生の故郷は日本のどこ？　そのうち連れてってよ」

明るい声で問われ、淑貴は顔をこわばらせた。

故郷――――という言葉に胸が痛くなったからだ。

「……ごめん、それは無理」

小声でぽつりと言った淑貴に、リュシアンが軽く舌打ちする。

「ひっでーの。恋愛だけじゃなく、それも無理ってこと？　おれとは友達になる気もないんだ」

そうじゃない。一緒に日本に行ければどれだけ楽しいだろうと思う。でも自分は……。

「ごめん……」

淑貴はそれ以上答えることができず、教会の前の石段に腰を下ろした。

かたわらにリュシアンが立ち、心底あきれたような声で言う。

「先生……そんなにおれのことがいやなら、どうしてこんなふうについてきたりするんだよ。手をつないだらうれしそうに笑ったり、顔をのぞきこんだら赤くなったりするから、おれだって、少しは好かれてるんじゃないかって誤解するじゃないか」

傷ついたようなリュシアンの声に淑貴はとっさに顔をあげた。

「違うよ、そうじゃないんだ。私は……二度と家に帰ってくるなと言われていて……だから」

リュシアンの手首をつかみ、淑貴は早口で言った。

「え……」

驚いた顔でリュシアンが淑貴を見下ろす。

目があった瞬間、まなじりから大粒の涙がこぼれ落ちてきた。

「私は日本で不始末をおかしたんだ。とりかえしのつかない失敗を。だから……もう帰れない。ごめん、きみのことは関係ないんだ……だから……っ……」

言いながら淑貴は手で口を押さえて必死に息をとめた。

夢のように美しい教会の前で三十二歳の男性が顔を涙でぐしゃぐしゃにするのが、いかにみっともないかわかりながらも、あふれるものを制することができず、ひくひくと嗚咽をもらした。

「先生……」

訊いてはいけないことを訊いてすまないとでも思ったのだろうか。

しばらくなにも言わずやるせなさそうに淑貴を見たあとポケットからハンカチをだし、目の前にひざをついて淑貴のまなじりをそれでぬぐった。

「リュ……シィ……」

「ごめんな、泣かせて」

骨に染みるような低く甘い声音。

刹那、どっと胸に衝きあがるものがあった。とまりかけていた涙がまたあふれそうになる気配を感じ、淑貴はリュシアンを突き放すように立ちあがった。

——だめだ……。

それ以上、優しくされたらその腕に抱きしめられたくなる。

自分は侯爵にも惹かれているのに。もう一度、彼と会う約束をしているのに。

会って、その胸に抱かれたら、また恍惚となってしまうのに。

それなのに……どうしてリュシアンの優しさがこんなにもうれしいのか。

「いいんだよ、リュシアンが謝る必要はないから」

喉の奥から衝きあがるものを懸命に殺し、淑貴は低い声で言った。

「うん、でもごめん、本当に、悪いことした」

立ちあがり、リュシアンが肩に手をかけてくる。淑貴は首をすくめ、その手からのがれるようにあとずさった。

「だからきみが謝る必要はないって言ってるじゃないか」

いけない。また涙がでてくる。抑えようとしても止めることができない。

リュシアンがあまりに優しいから。

このまま好きになってしまいそうで怖い。もっともっと思って欲しい。

もっと優しくして欲しい。——そんなふうに思って。

「だって、おれ、先生の涙なんて見たくない。先生が哀しいとおれも落ちこむ」

手の甲でリュシアンがまなじりをぬぐおうとする。

その指のぬくもりにふっと心が癒され、腕によりかかりたい衝動を止めるのが辛い。だけど。

「どうしてリュシアンが気にするんだよ。きみが落ちこむ必要ないのに。たのむから優しくしないでくれ。そんなことされたら困るんだ」

淑貴の声は苛立っていた。

何に対して腹が立つのかわからない。しかし無性に苛々して仕方なかった。

きっと自分に腹が立つのだ。彼に惹かれそうになっている自分に。

「先生……?」

「きみはバカだ。私なんかに思いやりをかけて」

リュシアンが自分に優しいのが哀しい。だから混乱する。うれしくなってしまって。

「じゃあ、先生もおれに淋しそうな顔を見せるなよ。切なそうな顔でおれを見るなよ」

彼の言葉はこちらを責めているようだったが、その声音はあくまで包みこむようなあたたかさで淑貴の胸を締めつけそうになる。

「リュシィ……」

違う。淋しそうなのはきみのほうだ。きみも侯爵も淋しそうな顔をしている。だから似ているように感じるのかもしれない。

「淋しそうでもどうでもいいじゃないか。放っておいてくれ」

淑貴は言葉を荒立てた。

――いったい自分はなにに腹を立てているんだ。

内心で自分にそう問いかけながらも、淑貴は言葉を続けた。

「私はきみのことはたのもしい生徒だと思っている。でもそれ以上の感情はない。たのむから私のことは気にしないでくれ。もうかまわないで」

冷酷に吐き捨て前に進もうとしたが、後ろからぐいと腕をつかまれる。

「先生、なにから逃げてんだよ」

「逃げて？」

「先生はなにかから逃げてる。きっと過去になにかあったから。だからすぐに好きになってくれとは言わない。ただおれから逃げないで欲しい」

初夏の風に乗って、低い声が耳に運ばれてくる。

逃げてる――――。

その言葉が耳の中で反響し、淑貴の全身を戦慄《せんりつ》が駆けぬける。

そんなことわかっている。だから仮面をつけた相手にしか、自分は己をさらけだせない。

知らないままでいたら、傷つかなくて済むから。

そう思って始まった侯爵との関係。けれどそれが今、自分の首を絞めている。

「知ったふうなことを言わないでくれ。きみに関係ないことだろう。これ以上、かき乱さないでくれ」

上着をぬぎ、淑貴はリュシアンの顔めがけて投げた。ばさりとリュシアンの頭にかかり、彼が驚いてあとずさる。

「……っ」

その姿を見留めると、淑貴はくるりと背をむけ、坂道を駆け降りていった。

6 責め苦

どんなにリュシアンに惹かれても彼を好きになることはできない。

同時に、どんなに侯爵に惹かれても想いがかなうことはない。

モナコでリュシアンと会ったことで、それをはっきりと自覚した翌日、ワークショップの最終日に結局リュシアンは大学にこなかった。

昨日のことがあったので仕方ないが、せめて最後くらいはきて欲しかった。

彼の成績表を手渡したかったたし、ほかの生徒も最終日にひとりだけ欠けていたことを残念に思っている様子だった。自分もそれが心残りでならない。

そうして授業を終えて玉泉の部屋を訪ねると、彼は申しわけなさそうな顔で話を切りだした。

「淑貴、昨日の教授会の結果だが――」

と、言いかけたものの、すぐにタバコを咥え、カチカチと音を立ててライターをつける。

なにか言いたくて言いだせそうにない雰囲気。

その姿に彼がなにを言わんとしているのかすぐにわかった。

――では、自分の採用は……。

不安げに見た淑貴から視線をずらし、ふぅと玉泉はタバコの煙を大きく吐きだした。

「……残念だが、きみを講師として採用する話は見送ることになったよ」

予測した通りだったとはいえ、やはりその言葉に心臓が凍りつきそうになる。さっと顔から血の気がひくような気配を感じたが、笑みを作ることはできた。

「そう……ですか。評判が悪かったのなら……仕方ありませんから」

一生懸命やったつもりだが、ワークショップの生徒に不評だったのならあきらめるしかないと思ってこうべを垂れた淑貴だったが、教授の返事は意外なものだった。

「違う、生徒たちの間の評判はよかったんだよ。ただ匿名のたれこみがあって……きみの日本での醜聞について」

くしゃくしゃの前髪をかきあげ、玉泉はくいとネクタイをゆるめた。

「たれこみ？」

「ああ、マスコミの記事とかが流されてきたらしい。この大学はベネディクト修道会が関わっている。盗作はもちろんのこと、セクハラやストーカーの疑いで日本で告訴された過去をもっていることがわかると、さすがに採用を躊躇するだろう。たとえ本当でなかったとしても……」

見えかけていた未来への光明が一瞬にして消え、胸の底が冷えていくのを感じた。

こんな場所にきても、過去が自分につきまとうとは……。

結局、一度失敗した人間は人生をやり直すことができないのだろうか。寒々しい空虚感が広がり、全身が乾燥していくような錯覚をおぼえた。

「……そういうわけで、今回はぼくの推薦があってもどうしようもなかったんだ。きみがいかに優秀なのかアピールしたんだけど」

さも残念そうに言う玉泉の態度から、彼がどれほど力添えしてくれたかは想像がつく。

それでもだめだったのだとしたらどうしようもない。

淑貴はできるかぎり明るい笑顔を見せた。

「いえ、ご尽力いただき、ありがとうございました。ワークショップを手伝わせていただけただけでも私には身に余ることでしたから」

もう講師にもどるのは無理なのだろう。この大学でなくても、過去に犯罪の容疑をかけられた人間を雇うのにためらいをおぼえないところはない。

「このあと、今までどおり私の秘書を続けてくれてもかまわないんだが、それではいつまでも個人が雇っていることになって社会保障をうけづらい。どうだろう、ある企業が経済学顧問を募集しているんだが、パリに行って、そこで働いてみないか」

パリ……。突然の言葉に淑貴はとまどいを感じた。

「パリ……ですか」

企業の経済学顧問という途《みち》は、これまであまり考えたことがない。

できればこの地で講師という職につきたかった。

それが叶わないのなら、玉泉の世話になるのではなく、正式に雇用してくれる場所に行くべき……と思うのだが、さすがにパリに行くというのは唐突すぎて、すぐに判断できなかった。

「急がなくてもいいよ。金曜のランベール財団賞の授賞式までに考えておいてくれれば。その企業の社員もくることになっているので、そのときに話をして決めればいいから」

「では、教授は正式に……」

「ああ、先ほどランベール家から正式な授賞のしらせがあった」

「それはおめでとうございます」

淑貴は口もとをほころばせた。

「ありがとう。……そういうことで、次の金曜からランベール財団所有のクルーザーでバルセロナからニースまでの一泊二日旅行が企画されている。多くの学者を招待してのパーティがあるんだが、当日はきみも参加してくれるか？」

「ええ、ご迷惑でなければ」

「仕事はゼミ生が手伝ってくれることになっているけど、慣れない者も多いので、彼らの面倒をみてやってくれ」

「承知しました」

それは経済学者にとって、最も栄誉ある賞だ。

日本人の授賞は初めてのことなので、授賞式が終わると、しばらくの間、日本のマスコミも取材に訪れるだろう。

——マスコミ……。一瞬、ゾッとした。

日本のマスコミがこの地を訪れ、玉泉の秘書が日本で問題のあった元助教授だということがわかると、またおもしろおかしく書き立てられる可能性がある。

淑貴は身震いをおぼえ、自分の躰を抱いていた。

そうなれば玉泉に迷惑をかけてしまう。

せっかく栄えある賞をとったというのに、そんな大事なときに自分がそばにいると……。

そのことを考えると自分のとるべき途が決まっているように思えた。

「パリの話……前向きに考えることにします」

淑貴は静かに言った。片眉をあげ、玉泉が新しいタバコを口もとに運ぶ。

「あ、ああ、きみさえそれでよかったら。でもここにいたいなら、私はずっといてくれてもかまわないんだよ」

「いえ、いつまでも教授に甘えるわけにはいきませんから」

「たしかにきみにもきちんとした社会保障があったほうがいいからね。では、三日後、クルーザーでのパーティのときに相手を紹介するよ」

社会保障はもちろん大切だが、それ以上に恩人ともいえる玉泉に、迷惑をかけてしまうことだけは避けたかった。

自分を雇ってくれるところがあり、社会保障もしてくれるというのなら、そんなにありがたいことはないのだから。

ただ、そうなればもう南フランスとはお別れ。

侯爵とは会いづらくなり、リュシアンとも自然と会わなくなるだろう。

想像しただけで泣けてきそうになってしまうのだが、同時に、そのほうがいいのだという声が胸のなかで響く。

——いずれにしろ、叶うことのない想いだから。

昨日、リュシアンにははっきりともうかまわないで欲しいとたのんだ。

侯爵とは、最初から自分たちのことを知らないままでいる約束だった。どんなに惹かれてもどうしようもない関係だというのはスタート地点からわかっていたこと。

それならば、このまま顔も素性も知らないままわかれるのが一番なのかもしれない。

リュシアンへの気持ちもそのなかで風化させてしまうのが……。

「——淑貴、ぼくは今から大学の中庭でフランスのＴＶ番組の取材をうけることになっているから、ちょっとだけ行ってくるよ。悪いけど、ちょっと部屋の整理をたのめるかな」

頭をがしがしとかきながら、玉泉はいつものように書類の散乱した部屋をぐるりと見まわした。

淑貴は笑顔でうなずいた。

「わかりました。整理しておきますので」

そうして玉泉がでていったあと、床に散乱する書類を拾い集め、ソファに座ると、淑貴は必要なものか否かをしらべるためにテーブルにならべていった。

だいたいがダイレクトメールだ。あとは日本からのものや社交界の招待状や手紙のたぐい。

そのなかに、どこかで見たことのあるカードを発見した。

「これは……仮面舞踏会の招待状……」

ひと目で上質とわかる封筒に、金色の刺繍のような文字。

教授宛の招待状で、パーティの日付は今夜になっている。

場所はモナコのランベール家。ここに行けば侯爵に会えるだろうか。

三日後、パリの企業の社員に会って話が進めば、この地をひき払うことになる。

もしそこで働かないことになったとしても、ランベール賞をとった玉泉のことを考えると、授賞式のあと、自分のような者が彼のそばにいないほうがいい。

自分のせいで彼まで好奇の目で見られるようなことがあっては困る。

好奇の目でマスコミに追われた日々。

家族から二度と帰ってくるなと言われたこと。まわりからの冷たい侮蔑《ぶべつ》のまなざし。

二度とああしたものに晒されたくないし、そんな自分の問題に他人を巻きこむこともできない。

いずれにしろ、遠くに行ったほうがいいだろう。

しかしそのことを思うと、もう一度、侯爵に会いたかった。仮初めの遊びを、終えるために。

これを最後に二度と会わない、これまでありがとうございました、と告げればいい。

どのみち長く続けられる関係ではなかったのだから。

淑貴はカードを手に廊下に飛びだした。

ちょうど廊下の角を曲がろうとしている教授の姿が遠くに見えた。

「教授、待ってください！」

タバコを咥えたまま、教授がくるりとふりかえる。

「お願いします。どうかこの仮面舞踏会にあなたの代理で出席させてください！」

気がつけば、そう叫んでいた。

もう一度侯爵に会いたい。会って、この気持ちに終止符を打ちたかった。

侯爵への気持ちに。リュシアンへの気持ちもふくめて。


その夜も夕暮れのなか、モナコの夜景が宝石のように煌めいていた。

グラン・カジノのあるモンテカルロ地区を港の対岸にした高台に、ランベール家の邸宅は敷地を広げている。

「……きみは」

突然、会場に現れた淑貴に侯爵は驚きの声をあげた。

オペラピンクやシャンパンゴールドのドレスに身を包んだ仮面をつけた女性や、タキシード姿の男性たちと談笑していた侯爵は、彼らにあいさつをしたあと、淑貴のそばにやってきた。

「すみません、約束もなく突然きたりして。どうしてもあなたに会いたくて」

思い詰めたような淑貴の表情になにか気づいたのだろう、こちらにきなさいと言って、侯爵は肩に手をかけて奥の客間へと案内した。

「うれしいよ、わざわざ私に会いにきてくれたんだね」

グラスにシャンパンを入れ、侯爵はソファに座った淑貴に差しだした。

「ご迷惑をかえりみず訪ねて申しわけありませんでした。半月後という約束をしていたのに…」

シャンパンをうけとった淑貴のとなりに腰を下ろし、侯爵は肩に手をかけてきた。

あごをとられ、あたたかな吐息がかかったかと思うや、唇をふさがれる。

「……っ」

知らずすくめた肩を抱きこまれ、熱っぽく唇を押し包まれていく。顔の角度を変えて何度も何度も優しく啄まれていく。

ほんの少し会わなかっただけなのに、自分の皮膚がこの体温を慕わしく求めていたことに気づいた。

昨夜、リュシアンからも感じていた同じ熱。

昼間、もう講師として採用されないと聞いたときに全身が乾燥したようになった。その乾いた感覚が一気に潤い、躰のすみずみまであたたかい血の流れがもどっていくような安らかな感覚。

このひとの肌のぬくもりにふれると、そんなふうに躰が体温をとりもどし、すーっと全身がういたように軽くなって意識が恍惚となる。

「……ふ……んっ」

根もとから舌を絡めとられ、淑貴は力をなくしたように侯爵の腕にしなだれかかった。

そして自分をしっかりと抱きしめる侯爵の存在を現実のものとして実感するにつれ、自分がどれほどこのひとに狂おしい想いをいだいていたかがわかってくる。

昨夜はリュシアンの存在が切なかったのに、今日はこのひとの存在に狂おしくなっている。

相似したふたりに持った己の節操のない想いを恥じながらも、それでもこうしてこのひととくちづけできる今この瞬間に淑貴はどうしようもない至福を感じていた。

このひとがどうしようもないほど好きだ。なにも知らないまま、苦しくて苦しくてしかたがないほど好きになってしまっていたなんて。

そうしてひとしきりたがいの唇を求めあったあと、侯爵は静かに切りだしてきた。

「今度きみに会ったら名前を告げようと思っていた」

「え……」

「そろそろ終わりにしないか、この仮面をつけた関係を」

「どうして……だって最初に」

名乗りあわない、秘密のままにするという約束だったのに。

「私はきみと新たなかたちでやり直したいんだ」

そう言って自身の仮面をとろうとした侯爵の手を淑貴はとっさに止めた。

「待って、はずさないでください」

これが昨日の朝だったらどんなにうれしかっただろう。侯爵の顔をはっきりとたしかめ、リュシアンではないと確信することができたら。

侯爵という存在を現実のものにすることができたら――。

けれど……今はこのままがいい。夢は夢のままのほうがいい。

自分はもうニースにはいられないのだ。

どんなに愛しく想ってもこのひとのそばにいられない。働く場所、生活する場所がないのだから。

せめてこのひとには、そんなみじめな自分を知られたくなかった。

億の金を動かすことのできるこのひとに、自分は社会保障もままならない立場だと知られるのが恥ずかしい。

仮面をつけた者同士、これまでのようにただ快楽を求めあう、仮初めの、しかし対等な恋人のままでいたいから。

だからなにも知りたくない。現実を見たくない。

弱くて愚かで、なにをやってもだめな自分、日本で犯罪者のレッテルを貼られた自分というものを、このひとに知られてしまったら、仮初めの相手としても求めてもらえないような気がして。

侯爵の手をつかんだまま、淑貴はすがるように言った。

「お願いです、どうかそれをはずすのはやめてください」

「どうして」

「だめなんです、あなたの正体を知りたくないんです」

「だけど私はきみに正体を明かし、きみとの関係を前向きに考えたいんだが」

淑貴のほおに手を伸ばし、侯爵が優しい声で言う。

その手のひらにほおを擦りよせ、淑貴はまぶたを閉じた。

「そんなことを考えるのはやめてください。私はあなたがだれであるか知りたくないのです。あなたに自分がだれなのか知られたくない」

「それがきみの本心なのか?」

その言葉に、一瞬、淑貴は嗚咽を漏らしそうになった。

本心……。ああ、せめて講師として採用され、自分に自信をもつことができたら。だけど。

「はい。必要ありません。私はあなたにとってゆきずりの相手でいいです」

そう吐き捨てた瞬間、侯爵がふっと乾いた嗤いを漏らす。

「そういうことか」

顔をあげると、侯爵が額に手をあて肩をふるわせて嗤っていた。

「……侯爵?」

おそるおそるその腕に手を伸ばす。

すると侯爵は額に垂れていた金髪をかきあげ、淑貴を睥睨《へいげい》した。

「残念だ。きみに真実を話そうと思ったのに。包みかくさず、すべてを」

その翠の双眸に凍りつくような冷気を感じ、一瞬、硬直する。

「侯爵」

「きなさい」

腕をぐいとひきつかまれ、踵がういた。

「え……」

「きみは快楽を追う獣になりたいんだろう。現実世界の恋よりも、ゆきずりの男と寝たいと言っている。淫靡な世界での秘め事に憧れている。そうじゃないのか」

冷然と言い放ち、侯爵が腕をひっぱって歩く。

「ま……待って。違います、そうでは……」

「こちらにきなさい。きみに自分自身の本性を教えてやる」

どうして急に。なにか侯爵を怒らせるようなことを口にしただろうか。

「早くきなさい」

乱暴にひっぱられ、上階にある寝室へと連れて行かれる。

オレンジ色の光を灯した薄暗い部屋は飴色《あめいろ》のアンティークな家具でそろえられていた。バルコニーの戸がひらかれ、天井からつるされたモスグリーンのカーテンがドレープを広げている。

部屋の中央に置かれたベッドに転がされ、腕をひとつにまとめあげられる。

「現実の恋などいらないんだろう？　ゆきずりの男とただ快楽を追いたいだけだろう、きみは」

上からのぞきこまれ、淑貴は泣きそうな目で侯爵を見あげた。

「待って……私はただ」

次の瞬間、一気にシャツを腕までひきはだかれ、淑貴ははっと顔をあげる。

「お願い……やめて」

「なにを今さら羞じらう。きみはこういうのが好きなんだろう」

ベルトをひきぬかれ、ズボンを剝ぎとられ、ベッドの背に押しつけられる。

「教職という聖職のかげで淫乱な行為に耽《ふけ》る、それがきみだ」

教職――――。どうしてそのことを……。

淑貴ははっと目を見ひらいた。

「あなたは……まさか」

リュシアンの知りあい？

本人？　兄弟？　それともただの他人？

「知ってるよ。あの夜、パーティに招待された東洋人は、次期ランベール財団賞の候補にあがっている経済学者だけだ。きみはその弟子《でし》だろう」

リュシアンとは関係ないひと……らしい。教授の名代《みょうだい》できたことを知っているだけのことなのか。そして彼のプライドを傷つけてしまったのだ。

「すみません、謝ります。さっきの言葉がすぎたのなら」

「謝る必要はない。それより己を知りなさい」

そうして仮面を剝がされたかと思うと黒いアイマスクでめかしくされ、両手を背中でひとつに縛られ、座ったままの姿勢でベッドの背に背中を押しつけられる。

「……っ」

布のむこうで侯爵の影が揺れ、その気配を感じる。

「ん……」

唇が重なると、彼の影がかかって視界が暗くなる。

躰をひきつけられ、たがいの胸が密着したかと思うと胸の粒を押しつぶされ、その刺激に淑貴は息を殺した。

「あ……っ」

ひらいた下肢の間に侯爵が入りこみ、首のつけ根のあたりをさらりとした彼の髪に撫でられた次の瞬間、生あたたかく濡れた舌先が淑貴の胸にふれた。

「ふ……」

乱暴に舌でつつかれ、恐ろしいほどの愉悦が背中を駆けのぼる。

「や……っあぁ……」

淑貴はふるえる声で懇願する。

「すなおになれ。きみは快楽に従えばいい」

侯爵は淑貴の胸に手を忍ばせ、小さな二つの粒を指で押しつぶす。

かすかに尖っていたそこが、彼の指から与えられる刺激に少しずつ膨らんでいく。

「……っ」

やわらかく皮膚に押しこむように揉まれ、急速に皮膚が汗ばんでくる。

「ん……」

「どうした、ずいぶん感じやすいな」

ささやかれる呟きに羞恥をおぼえながらも、彼の言葉どおり自分のそこがどんなふうになっているのかわかっていたたまれない。

「本当はきみにすべてを話したかったのに」

侯爵の手のひらが淑貴の前髪を掬いあげ、額にくちづけされる。

こうして視覚を奪われていると何となくそこにいる男がリュシアンではないかと思えてくる。

手の感触、体温、空気……そのすべてが似ていると思う。

もしかして彼はリュシアンではないか。

「……っ」

息を詰め、それぞれの唇に戯《たわむ》れるように顔の角度を変えていく。

「ん……っ」

侯爵に抱かれているのにリュシアンといるような気がして。

初めて授業で見たときから憧れていた。

生き生きとして、なにものにも縛られていない雰囲気がとても自由で、自分には遠いものに思えて。

けれど彼の前に侯爵に出会い、惹かれていった。

自分を壊すと言って、少しずつこの躰を覆っていた殻を剥がそうとした侯爵に。

リュシアン。侯爵。自分が本当に心惹かれているのはどちらなのか。

「侯……爵……」

彼の熱い唇が耳朶を嬲ってくすぐったい。

彼の唇がやわらかく首筋を嚙み、皮膚を強く吸われて恍惚となる。

次々と与えられる甘い痛みに淑貴は身震いをおぼえていた。

「……っ」

やがて胸の尖りを指で弄ばれ、それだけで腰が悶えた。そうしてひざを広げられ、なおも首筋に侯爵が顔を埋めてくる。

「だ…め……や………」

仮面よりもずっと拘束感のある目隠しをされているせいか、今夜は自分の反応をそのまま暴《あば》きだされているようですごく恥ずかしい。

「や……です……それ以上……」

恥ずかしさのあまり閉じようとしたひざに侯爵の手がかかり、ぐいと広げられる。

「……あ……っ」

ふわりと首のあたりに侯爵の息がかかり、汗ばんだ鎖骨の窪みを舌でつつかれる。

甘く奇妙な感覚がそこから電流のように衝きあがり、自分でも驚くほどなまめいた声をあふれさせてしまう。

「ん……ふぅ……っ……く」

自分はこんなにもこのひとに飢えていたのだろうか。

もう離れなければならないと思うと、これから先の分も貪欲に求めるように全身でこのひとを感じ、躰中に刻みこもうとしている。

「あ……っあ……うぅ」

唇から殺しきれない呻きが漏れる。

あまりの快感に腰をよじって身悶え、淑貴はふるふると首を左右にふった。

「いや……お願い……っ」

「感じているのか?」

動きをとめ、侯爵が耳もとで問いかけてくる。

「……いえ……少し……いえ……かなり……」

言いながら、なにを正直に口にしているのだろうと恥ずかしくなった。

だけど……これが最後かもしれないのだから、なにもかもありのまま口にしたかった。

でないと後悔しそうで。

顔も素性も知らないままひとを好きになるなんて。だからこそ、狂おしくその存在だけを求めてしまうなんて。きっとこんな恋は二度とできないだろうから。

「お願い……ください……もっと」

「もっと？」

「あなたを……私のなかに」

朦朧《もうろう》としながら言った言葉に、侯爵はふっとあきれたように笑う。

「やっぱりきみはかわいい。ゆきずりでもいいなどと小憎らしいことを言われても、とことん、きみをかわいがりたくなる」

窄《すぼ》まりを押しひらかれ、二本の指に内壁を広げられる。ずぶずぶと音を立ててかきまわされ、もどかしいむず痒《がゆ》さに淑貴は身をくねらせた。

「ん……あっ」

四肢をこわばらせたとたん、自分の内部が男の指を締めつけてしまう。熱を孕んだ粘膜が小刻みな収縮を始め、彼の長い指に絡みつくのがわかった。

ひやり、とした粘り気のある雫を指に絡め、侯爵が指で内壁を嬲って弛緩していく。

指の関節にいびつに広げられ、ゆるんだ蕾のきわと彼の指のすきまから生あたたかな雫がこぼれ落

ちるのを止めることができない。

「もっと欲しいんだね」

「はい……あなたが……ぁ……あっ」

やがて躰を起こし、侯爵は淑貴の腰骨をつかんでひきつけてきた。ひらいたひざの間に入りこみ、弛緩された蕾に固い屹立が押しあてられる。

刹那、腕を拘束していた紐がほどかれたかと思うと、肉を割って男が挿《はい》りこんできた。

「あ……っ」

息を呑み、淑貴はとっさに男の首に腕をまわした。

大きく呼吸をして彼の導きにしたがう。ゆるい波のようにゆっくりと押しあげられ、躰が少しだけ浮きあがったようになる。

そうして硬い切っ先がずるずると粘膜をまくって奥に侵入してくるのを、腹筋《ふっきん》に力を入れてより深くまで引きずりこめるようにする。

内側の内壁で膨張していく肉茎。自分の内側が彼の形のままに広げられていると思うと、そこに熱が溜まってたまらなくなった。

「や……く……っ」

粘膜をこじ開けられる痛み。けれど自分の内側に侯爵がいるのだと思うと、その痛みは甘美な恍惚を誘うものだ。

そうやって深く埋めこまれる圧迫感に意識が朦朧としてくる。少しずつ勢いを増す怒張に肉襞が押し広げられ、全身が痙攣した。

「きみには……私の愛人になって欲しかったのに」

侯爵が淑貴の前髪を梳き上げながら髪の生え際に優しく唇を這わせていく。

その唇の優しさ。あたたかさに涙がでそうになる。

「っ……侯爵……あ……だめです……っ」

このひとが好き。自分でも信じられないくらいに。だからこそ愛人にはなれない。

己に自信のない今の自分が愛人になっても、正面からこのひとを愛せそうにないから。

それよりは現実を忘れ、ただこうやって刹那に肌をかさね、内側にその存在を感じているだけで満たされる。

このひとが好き――――。

そう思いながら、淑貴は侯爵の背をかきいだいていた。

「ん……っ」

熱っぽく舌を絡めあわせ、羞恥も理性も忘れていく。

「淫らな男だ。見知らぬ男の腕で狂ったように乱れている」

「それは……見知らぬ男があなただから」

「私?」

「あなたしか知らないから……あなたしか乱れられない」

「きみは……」

いじらしくて仕方がないと言った呟きとともに、ほおにくちづけが降ってくる。

少しでもかわいいと思われているのがうれしかった。愛しそうにキスされ、大切に抱きしめられ、狂おしく求められていることに全身が歓喜で満たされていく。

本当の自分を知られていないからこそ得られるいびつな悦び……。

「あ……あ……っ……あ」

突きあげられ、甘い息を吐く。抽送に身をしならせ、息を喘がせながら淑貴はその肩に顔を埋めて懇願していた。

淑貴のほおに手を当て、侯爵が耳元で訊いてくる。

「どうした?」

声の優しさに涙がこぼれ落ち、喉から思いがあふれる。

「どうか軽蔑《けいべつ》しないで……ゆきずりのひとに狂ってしまう私を……どうか」

「どうして軽蔑なんて」

「でもゆきずりのひとは……あなただけなんです」

「わかってるよ」

「なら……どうかこのまま壊して……ください……どうか」

「……壊して?」

「約束した……じゃないですか。私を……壊してくれるって」

「壊されたいなら勇気をだして前に進みなさい……でないときみはずっとそのままだ」

意味がわからない。侯爵はなにが言いたいのか。ただ突き刺さったものの圧迫感に息もできず、背がよじれて。

爛れた粘膜を押しひらかれていく苦痛。深く抉られ、腰から衝きあがる痛みが甘く苦しい。

「あ……あぁ……っ……ああ」

ぐいぐいと下から突きあげられ、淑貴はなやましい声をもらした。

なまあたたかな海風が甘い花の香を運び、けだるい意識を揺さぶってくる。

律動の途中でふいに手首をつかまれ、淑貴は思わず錯覚をおぼえた。そのにぎりしめた手の力の強さが昨夜のリュシアンとまったく同じだったから。

「……ん……リュシィ……？」

いや、そんなわけがない、と思いながらも、恍惚のさなか、知らず問いかけてしまっていた。

これはたしかにリュシアンの手だ。そう思ってしまって。

しかし手さぐりでその手をつかみ直そうとした一瞬、ふいに侯爵が律動を止めた。

「リュシィ……それがきみの好きな男の名、か？」

さっきまでの優しさとは打って変わった冷たい声音。

「好きな男？」

「悪い男だ。ほかに好きな男がいるのに、どうしてべつの男に抱かれようとする」

「違う……好きでは……べつに……彼とはなにも……」

「本当は、この先、その男とも寝たいと思っているんじゃないのか？」

胸をまさぐる手に力が加わる。痛い、皮膚が。

「いえ……寝たいなんて」

「ここに咥えこみたいと思っているのか？」

ぐいと突きあげられ、淑貴は身をしならせた。

「ああ……っ」

どうしてそんなことを訊いてくるのか。リュシアンとはキスもしたことがないのに。

いったい何の意図があって……と分析しようにも脳髄《のうずい》が灼けるような快感に身も心も陶然となって意識がおぼろげになっていく。

侯爵を咥えた淑貴の粘膜は凶暴な牡《オス》を強く締めつけ、そこから生じる愉悦にどうしようもなく狂ってしまって。

「あ……侯……っ」

回をかさねるごとに、快感も深くなっていく。底なしの泥沼に沈みこむように。

「あ……っ、あっ」

この熱さ、この腕の強さ。体内を埋めつくす存在。

それを、もっと欲しいとせがむ自分。

このひとがたしかに好きなのに。それなのに、こうして目かしくをされているうちにこんがらがってしまっている。

にぎりしめられた手の感触があまりにも同じだったから。

心ではリュシアンに惹かれ、躰ではこの男に惹かれているのだろうか。

次第にわからなくなっていく。

「あなたの……顔……見せて」

さっきまでは知りたくないと思っていたのに、今はこんなことを口走っている。

「お願い……見せて」

淑貴の喉からうわずった声がでる。躰はがくがくと痙攣していた。

「見なくていい。私を知らないから……きみはすなおになれる、そう言ったじゃないか」

突きあげながら、男が背を抱いてくる。

「あ……っ……」

自分はたしかにリュシアンにも心惹かれている。けれどこのひとにこそ惹かれている。

だからこそ、多分……抱かれている。そうは思うのだけど。

「あ……あぁ……あなたが見たい……」

荒い息をつき、男が首筋に顔を埋めるのを感じながら、淑貴はそう呟いていた。

リュシアンが好きなのか。侯爵が好きなのか。

自分が誰を愛しているのかわからないまま――。

「――きみは……そのリュシィという男が好きなんだろ」

情事のあと、淑貴の躰をひきよせ、侯爵はぽつりと言った。

「いえ、違います」

何と言えばいいのだろう。

このひとのことが好き。でもリュシアンも好き。そんな自分に混乱していることをどう説明すればいいのか……。

「私は……だれも好きではありません」

言いながらつーと涙がこぼれ落ちた。侯爵の指がすっとそれを掬いとる。

「そのリュシィという男は、きみにとって何者なんだ？」

「知りあい……です。だから好きになれません」

「どうして」

「知らないひとにしか見せられない。だからあなたにしか抱かれない」

知らない相手なら傷つかなくてすむ。だから。

「……どうして。ぶつからないと忘れられるぞ」

侯爵が苦笑をうかべる。

「傷つくよりは……忘れられたほうがいい。最初からなかったことだと思えばいい」

投げやりに答えた淑貴に、侯爵は優しい声で続けた。

「きみのそういう態度に相手が傷つくと思わないのか」

「え？　相手が傷つく？」

「最初からか叶えられないと思わず、叶うように努力をしてみなさい」

「努力？」

「傷つくのを恐れず、その男にぶつかればいい」

侯爵は勘違いしている。そう思った。自分がリュシアンのことを好きだと思いこんでいる。

――本当はどちらも同じくらい好きなのに。

いや、どちらかというと自分は先に出会った侯爵のほうに……。

「朝食をとりに行ってくる。ここで待っていなさい」

侯爵が部屋をでたあと、ベッドのなかで二人のことを考えていた淑貴は棚に飾られた写真に気づき、半身を起こした。

キャビネットのなかに小さく飾られた写真。

「これ……」

家族写真だった。茶色の髪の優雅そうな紳士と、二人の幼児の写真。

一人は金髪。もう一人は黒髪で。

二人は髪の色が違うだけで瓜ふたつの顔をしている。

燭台の明かりを近づけ、淑貴はそこに写る幼児と、そこに記されているサインのような文字をたしかめた。

父アンリ。侯爵四十歳の誕生日にて。長男ギィ五歳、次男リュシアン四歳。

どういうことだ。

わけがわからず、淑貴は硬直したように目を見ひらいていた。

「でも……」

そういえば……と、内心で小首をかしげたとき、淑貴ははっとした。

「……っ！」

リュシアンの母親はスペインの出身だと話していた。

侯爵もそんなことを。

——では、おそらく。

全身の血が一気にひいて、激しい目眩《めまい》に視界がくらくらしそうになった。

淑貴はキャビネットに手をつき、大きくかぶりをふった。

似ているはずだ。同じ人物かもしれないと思っても当然のことだ。

「ああ、自分は何てことを」

ふたりは……兄弟なのだから。

この父親のアンリが亡くなり、家督を継いだギィというのが侯爵。

そしてリュシアンの兄。

そう、まちがいない。

声も躰のシルエットも侯爵とリュシアンとが似ていると思っていた。

でも、英語の発音がまったく違ったこと、髪と目の色が違うこと、もちろん話し方やくせも違ったから。

だから本人ではないと思っていたが、まさか兄だったなんて。

——では、自分は兄弟に……。

そう認識した瞬間、躰が急速に冷えていく。ひざがわななき、どうしていいかわからない。

淑貴が蒼白になって震えていると、侯爵が朝食のトレーをもって寝室にもどってきた。

ベッドサイドに座ると、淑貴のあごをつかみ、唇を重ねてくる。

——侯爵とリュシアンが兄弟……。

どうりでなにもかも似ていると思った。

おとがいをつかむ指のぬくもりも、躰から伝わってくる空気のようなものも。

「ごめんなさい」

淑貴は侯爵の背に腕をまわしていた。

胸に底冷えのような寒さが広がっていた。自分の愚かさ。惨《みじ》めさに。

あのままセーブしなければ、もしかするといつの日か兄弟を同時に好きになってしまっていたかもしれない。そんな自分に。

だから、どうしようもなく淋しくなってまなじりが熱くなってくる。

「どうした、ホームシックか？」

淑貴のあごをつかみ、顔をのぞきこんでくる。

「いいえ、あなたと一緒にいられることがうれしくて」

「きみは本当にかわいいな」

そう言って唇をかさねながら侯爵が背に腕をまわしてくる。

このひととリュシアンが兄弟。

そう思って腕に身を包まれていると、たしかにそれが真実だというがわかる。

この腕も唇も胸も……二人はほとんど同じ。酷似している。

だから自分は二人に惹かれたのだ、と思う。

そう思うと、自分が明らかにリュシアンと侯爵を重ねて見ていたことがわかり、自分がどれほどこの男を恋い慕っていたかがわかる。

——何てことをしてしまったのだろう。

名前や顔を知らないから安心できる、と思っていた。けれど名前や顔を知らないことにこんな落とし穴があったなんて。

「どうした、淋しそうな顔をして」

仮面をつけたままの侯爵を淑貴はこれ以上ないほど愛しい気持ちで見つめた。

そしてよかったと思う。

リュシアンとくちづけをしなかったことを。彼の腕に抱きしめられなかったことを。

節操なくふたりに惹かれそうになった自分ではあるけれど、せめてこの身まで節操のないことをしなくてよかったとしみじみ思う。

「……抱いてください。もう少し……ここで……できれば私を壊しきるまで」

このひとはリュシアンの兄。

その広い胸に淑貴はほおをすりよせた。

今日を最後に忘れるためにここにきて、真実が知れてよかったと思う。

あとは授賞式のあとパリに行って、すべてを忘れるだけ。

「きみの言葉はいつも大胆だな。そんなに私が欲しいのか？」

「ええ、ずっとあなたとつながっていたい」

顔をのぞこうとする侯爵からのがれるようにその肩に顔をうずめ、淑貴は静かな口調で言った。

「いいのか？」

「はい」

目を瞑った自分の唇に男がふれてきた。

自分にのしかかる男の肩を抱きしめる。重ねた唇の熱さ。体温。匂い。そんなものが胸を締めつけ、涙がでてきた。

「……すごく幸せです」

淑貴は侯爵の背に腕をまわし、呟いていた。

「なら、もっと幸せになりなさい。私はきみの幸せを望んでいるから」

そう言って侯爵の腕がひざをかかえる。次の瞬間、彼が内側に入りこんできた。

熱い怒張が肉を割って内側を埋めつくすその刹那の狂おしさ――。

これが侯爵との最後の逢瀬。

彼への愛しさのまま、淑貴はその背をかきいだくように腕をまわしていた。

7　カタロニア

リュシアンと侯爵が兄弟だった。

その事実を知ったことでようやく自分のなかの気持ちが整理できたように思う。

『ごめんなさい、これでお別れします。楽しい時間をありがとうございました。あなたとお会いできて幸せでした。どうかあなたもお幸せに。幸運を祈っています』

そう書き残し、淑貴は侯爵のもとを去った。

今はただ澄みきった明るい淋しさが胸に広がっているだけ。

ふたりを同時に好きになりかけたが、せめてリュシアンに流されなかったことにホッとしている。

翌日、淑貴はアパートをいつでも気軽に引き払えるように準備をしたあと、バルセロナ行きの夜行バスに乗った。

クルーザーでのパーティは午後八時から始まる。バスは午前中に到着するので、バルセロナをのんびりと観光しようと思っていた。

侯爵とリュシアンの母親の故郷。

ふたりの半分の血のルーツ。その土地を知りたかった。

バルセロナはスペインのなかでも特殊な地域で、いわゆるスペイン人といわれている民族ではなく、カタロニア人と呼ばれている民族が住み、言葉もカタロニア語を話す。

地理的にはスペインの北部に位置し、州都のバルセロナはガウディの聖家族教会で有名な街だ。

ニースからの長時間のバスの旅を終え、駅の外にでると、まばゆい夏の太陽を浴び、三角屋根の聖家族教会があざやかに煌めいて見えた。

サグラダ・ファミリア。

今もまだ工事が続けられ、完成は二百年後というすさまじい建築物。

さすがにここまで南下してくると熱気が街全体にたゆたい、色濃い木々も建物の影の濃度も、湿潤な日本とはまるで違う。

遠くにはオリンピックで有名になったモンジュイックの丘。

サグラダ・ファミリア、カサ・ミラ、グエル公園など、ガウディの建物をふらふらと見たあと、旧市街の中央ランブラス通りへとむかう。

バカンスシーズンの初めということもあって街は観光客であふれていたが、ちょうど昼過ぎになり、午後二時を過ぎると、急に人の姿が消え始める。

——そうか……スペインにはシェスタの習慣が。

たしか午後二時から夕方までの陽射しのきつい時間、南ヨーロッパではシェスタという昼寝の時間がもうけられる。その間、ほとんどの店がシャッターを閉め、街からひとがいなくなってどこも彼処も死んだように静まりかえるのだ。

南フランスでは十二時から三時くらいがちょうどそうした時間帯だが、昼食の時間が二時からというスペインではシェスタの時間も少しばかり遅いらしい。

——まいったな、シェスタの間はデパートにでも入って時間をつぶすしかない。

この時間帯に、陽射しからのがれられ、且つ、ゆっくりとできるところといえばデパートしか思いつかない。

「えっとこのカターニャ広場の前のエル・コルテ・イングレスというデパートに行けば……」

淑貴は地図をたよりに日陰を選びながら下町の路地を歩いていった。

大通りから一歩入ると、バルセロナには昔ながらの古い建物や狭い路地が縦横に伸び、時折、噴水の広場などにでくわす。

お昼どき、オープンカフェでゆったりと昼食をとった人たちがそろそろシェスタのために家路につこうとしていたころ、ふとデパートの裏の路地のほうからフラメンコらしき音楽が聞こえてきた。

激しい手拍子《てびょうし》、地面を踏みしめる音。かけ声。ギターの旋律。

ああ、ここはスペインなんだ、と実感しながら進んでいくと、小さな教会のある広場にでた。

まばゆい陽光、数え切れない花々の華やかな色彩。糸杉《いとすぎ》や棕櫚《しゅろ》の木。

猫が戯れる石造りの噴水からあふれる繊細な水の流線が水盤に落ちていく。

「あれは……っ」

淑貴はそこで何人かのスペイン人と戯れるように踊っているひとりの黒髪の男性の姿に瞠目した。

「……っ！」

照りつける太陽に全身があぶられ、軽い目眩を感じて淑貴はその場に立ちつくした。

——どうしてここにリュシィが……。

吹き渡る熱風、紺碧《こんぺき》の空。真上から太陽が降りそそぎ、石畳《いしだたみ》に自分たちの濃い影がくっきりと刻まれている午後の時間。日本とは違う光と影の濃さ。

そこでは、リュシアンが艶やかな褐色の素肌を陽光にさらし、黒い細身のズボンを穿いてフラメンコを踊っていた。

「リュシィ……」

優雅でしなやかな動き。小さなバロック風の教会の前に人々が集まって円を描いて、リュシアンのまわりをとりかこんでいる。

ギター、手拍子、かけ声、歌手たちのリズミカルなパーカッション。

リズムにあわせ、軽くフラメンコを見せるリュシアン。

楽しそうな様子。まわりのみんなも笑っている。

物陰に立ち、淑貴は我を忘れたようにその様子に見入った。

黒髪、黒い眸のスペイン人たちに囲まれ、楽しそうに踊っているリュシィ。

ラテン系の人間は肉体の美に一種のこだわりをもっていると感じることがあるが、リュシアンもカタロニア系の血をひいているだけあり、妖しいまでに美しい肉体をもっている。

――さすがに兄弟だけあって……骨格も侯爵とそっくりだ。

そんなことを考えながら、淑貴は目は男の姿に釘《くぎ》づけになっていた。

こちらからの視線に気づくことなく、リュシアンは仲間から黒いシャツをうけとってケープのようにひるがえして遊んでいる。

白昼《はくちゅう》の、陽に灼かれた広場を乾いた風が駆けぬけていく。

彼が黒いシャツをもってその場で一回転すると、光に閃めいたシャツのあとを追うように地面に濃い影が描かれていく。

大学で見るときとは違う。こうしているときのリュシアンの動きは少しばかり物憂《ものう》げで、けれどしなやかな獣のように優雅だ。

太陽はちょうど中天にさしかかり、白昼の広場は時間が止まったように静まりかえっている。

――こんなところで会うなんて。

声をかける気はないけれど、ワークショップの最終日に会うことができなかったので、こうしてここでリュシアンに会えたことがうれしい。

キャンパスやモナコで楽しい時間をくれたひと。侯爵とは違った意味で惹かれたのも事実。

その野性味に、その奔放さに、その明るさに。そしてその優しさに。

パリに行ったあとは、もうこうして会うこともないと思うと、切なさや淋しさがこみあげてきて涙ぐんでしまうが、これが最後だと思い、淑貴は目を見ひらき、じっとその姿を眺め続けた。

どのくらい見入っていただろうか――。

リュシアンの親戚かなにかなのか、杖をついた老婆《ろうば》が立ちあがり、淑貴にはまるで理解できないスペイン語で彼らに話しかける。

わかったよ、といった様子の合図をかえし、仲間からペットボトルをうけとって、リュシアンは頭の上から自分に水をかける。

長めの髪からしたたる水滴が陽の光にきらめき、褐色の胸肌から腹筋を伝って石畳へと落ちていく。

やがてリュシアンが老婆になにか話してまわりにいた数人の男性と広場から去っていく。

ああ、もうこれで『さようなら』なんだと切なくなったとき、リュシアンの知人らしき女性の手から杖が落ちた。

カツーンと音を立て、地面をくるくるとまわった杖が勢いよく淑貴の足もとに転がってきた。

それにひざをついて手を伸ばしたとき、ゆらりと頭上に影がかかった。

「先生……」

見あげると、頭上からリュシアンが見下ろしていた。

「リュシィ」

「まさか……おれに会いにきた？」

ほおをゆがめて笑うリュシアンに淑貴はかぶりをふった。

「玉泉先生の用事できたんだけど、リュシィにも会えてとてもうれしいよ」

彼の態度が変わっていなくてほっとした。モナコであんな別れかたをしたのに。

「おれたち、運命の糸で結ばれてんだ。こういう偶然って、確率的に低いだろ？」

にこやかに笑ってウインクするリュシアンに、淑貴は苦笑をうかべた。

やはり兄弟だけあって、ささいな表情のひとつひとつが本当に侯爵に似ている。

「……リュシィ」

「まあ、いいや、せっかくだし、一緒に飯食わない？　この間、モナコで食べなかったし」

「いや、それは悪いから」

「いいじゃないか。こんな偶然めったにないんだし、先生、スペインは初めてだろ？」

「うん……それはそうだけど」

「じゃあ、ちょっと待ってて」

そう言ってリュシアンは仲間たちになにかスペイン語で話しかけた。彼らも同じようにスペイン語をかえし、そのままリュシアンに手をふって去っていく。

「何て言ったの？」

「日本からダチがきたから、今日は彼と一緒に遊ぶって」

「私と遊ぶの？」

「当然。予定を全部キャンセルした」

リュシアンは黒シャツをはおり、ズボンのポケットからキーホルダーをとりだした。

路上の脇に停めておいたオープンカーになったBMWの幌《ほろ》を開け、淑貴に座るようにあごで示す。

金に困っている船乗りだと思っていたが、ずいぶんいい車に乗っている。

「で、先生、どこか行きたいところある？」

キーを差しこみ、リュシアンがエンジンをかける。

——行きたいところ……。

それは侯爵とリュシアンの母親の故郷。ふたりのルーツにあたる場所。

「きみのお母さんの実家って、バルセロナの郊外だって言ってたけど、ここから近い？」

「ああ」

「そこに行きたい」

「いいよ。すっげー綺麗なところだから、先生も気に入ると思うよ」

そう言うと、リュシアンは車を発進させた。

午後の光に包まれたバルセロナを車で市街地を通りすぎていく。

サグラダ・ファミリアに背をむけ、海岸へと進み、風に舞う前髪を手で抑えながら流れていく風景を見わたす。

EU圏内でスペインやポルトガルは経済的に地位が低いというニュースを耳にしたことがある。

しかしバルセロナだけはべつらしい。

その昔から商業が発展してきた商売人たちの街。スペインのなかでもこの街の住人カタロニア人は商売上手で計算高いと聞いている。

そうして市街地の外にでると、一面の緑豊かな米の畑が広がっていた。

あとは見渡すかぎりのひまわりが群れ咲く大地と海岸が広がっているだけ。

車の数も少なく、時間が流れているのかさえわからなくなってきた。

南欧の人間は時間にルーズだとよく言われているが、こんな大地を見て過ごしているならば納得できる。

そのままリュシアンの車は、米を作っている田んぼの間を通りぬけ、人気《ひとけ》のない海岸へとでて彼の母方の家に行った。

そこは赤茶けた屋根瓦《がわら》におおわれた二階建ての大きな家だった。

外壁の白壁の下半分をイスラム風の緻密な模様の紺と緑のタイルで埋められている。

「こういう家をアンダルシア風というんだ。母は夜中まで帰ってこないから、昼間は使用人だけだし、ゆっくりしていけばいい」

カタロニアの美しい海が一望できる高台に建つ家は、モナコの港が一望できるランベール家を彷彿させた。

「リュシアン、ここで育ったの？」

プールの前の日陰になったテラスに案内され、使用人が運んできたフルーツに手を伸ばす。

テーブルにはピンクの薔薇。ここの住人も薔薇が好きらしい。

「いや、おれはオヤジに連れられてふらふらしてたから」

小さなナイフでオレンジの皮を器用にむき、リュシアンが皿にならべていく。

日向にはくっきりと灼熱の太陽が濃い影を落としている。

周囲はレモンやオリーブ、それに葡萄《ぶどう》の林。

建物のなかも、エキゾチックなアンダルシアスタイルの涼しげな造りになっているらしい。

「先生はこれからもずっとこっちで学者を続けんの？」

その問いかけに淑貴は作り笑いをうかべた。

「もう学者はやめることにしたんだ」

「どうして」

「うん、べつの仕事につこうかと思って」

そう言うと、手渡されたオレンジをうけとって淑貴は口内に放りこんだ。ちらりと淑貴を見たあと、皮肉めいた笑みを口もとにうかべた。

「じゃあ、今後はカードカウンティングでもしてカジノでかせぐの？」

その言葉に淑貴は顔をこわばらせた。

「カウンティングって……」

どうして彼がそれを――。

瞬きもせず目線で問いかけた淑貴に、リュシアンは口角をあげて意味深にほほえんだ。

「……先生、あのカード使ってくれなかったんだね」

サーモンピンクの薔薇を花瓶からひょいとぬきとり、リュシアンは淑貴の前に差しだしてきた。

――では……あのときの彼は……侯爵ではなく。

言葉をだすことができず、唇をわななかせている淑貴の胸に薔薇を差すと、リュシアンは淋しそうに微笑した。

「あのとき、妻と別れた直後だったんだ。ふたりでカジノにいる知人に報告に行ったとき、憂うつそうにカウンティングしている先生が気になって足を止めた。それが始まり」

「始まりって……じゃあ」

全身が小刻みにふるえる。

「そんなつまんないことするより、おれと遊ばない？　って誘うつもりでカードをわたしたのに……

先生、ホテルにきてくれなかった」

テーブルにひじをつき、リュシアンは拗ねたような口調で言った。

「では……私のワークショップに参加したのも……すべて……」

「そう、先生に興味があったから。あとで調べて……」

「なら、どうして最初に言ってくれなかったんだ、カードのこと……それなら……」

それならどうなるわけではないけれど、それでも知らないよりは知っていたほうがいい。

リュシアンとのつきあいかたも変わっただろうから。

侯爵と似ているからという理由で彼を見つめるのではなく、そのときにカードと薔薇を渡してくれたひとだという認識から彼のことを見つめることができた。

「先生……何でカジノであんなこと……してたの?」

その問いかけに淑貴はうつむき、小さくためいきをついた。

「だめだったんだよ、なにもかもに自信がなくて。経済学以外、なにもできない人間なのに、その経済学も……論文がうまく書けなくて……」

風に揺れる前髪を指で梳きあげ、淑貴は吐き捨てるように言った。

「自信がなかったって?」

「逃げてもなにも変わらないってわかってるし、自分がもうだめだって知りたくなくて見て見ぬふりしてきたけど……でもだめなんだ」

「先生……おれ、責めてるんじゃないよ」

「わかってる。悪いのは私だから」

「だから責めてないって言ってるじゃないか」

「本当にごめん。でもあのころは、カジノでギャンブルして、しかもカウンティングのような狡《ずる》いことして勝たないと自分を保てなかった……あのころは。それがいけないことだとはわかっていたけど。もう……学者としてだめな自分を認められなくて」

話しているうちに涙がこみあげてきた。

玉泉のようにヨーロッパで成功すれば、汚名をすすげるだろうか。三宅に奪われたものをとりかえすことができるだろうか。

この一年、そんな焦りがなかったわけではない。

本当は日本に帰りたくて、もとの生活にもどりたくて、家族に認めてもらいたくて。

いわれのない汚名を着せられ、名誉を回復するチャンスもなく。

「失ったものをとりもどそうとして焦れば焦るほど私はだめになって……結局、たくさんのひとにひどいことをしてしまった」

淑貴は手のひらで口もとを押さえた。

どうしてこんなことをリュシアンに言っているのだろう。だれにも言えなかったこんなことを。

「ひどいことなんて、少なくとも、先生、おれには何もしてないから」

「ありがとう。でもごめん……きみに甘えてる、私は」

ヨーロッパにきて、たったひとり本音で話ができたひと——それがリュシアンだ。

そしてヨーロッパにきて、だれよりも好きになったひと——それが侯爵。

皮肉なことに、自分はこの兄弟にまったく異なる自分を見せていたことに気づいた。

心に潜む影を侯爵との情事によって壊してもらったことで劣等感をぬぐうことができた。

そして劣等感をぬぐったことで見えてきた本音をリュシアンに見せ、少しずつ心が解放されることで、侯爵への想いがより募っていって。

どちらかがいなければどちらへの想いもなかったというのは、何という皮肉だろう。

「先生……どうしたの？」

「もう私に優しくしないでくれ」

「先生？」

「だめなんだ、優しくされるとうれしくなって、きみのことを好きになってしまいそうで怖いんだ。ほかに好きなひとがいるのに。バカだろ、三十二歳にもなって、ちょっと優しくされたり求められたりすると。だから優しくしないで」

ふわりと淑貴は微笑した。

「だめだ、あんた、かわいすぎ」

「え……」

「優しくされるだけでいいの？　それだけでうれしいのか？」

「リュシィ……」

「やっぱ、だれにもわたしたくない。おれが一番でなくてもいいし、ほかのやつが好きでもいいから、おれのものになって。なにがあっても優しくしてやっから」

リュシアンが肩をつかみ、唇を近づけてくる。侯爵にそっくりな綺麗な顔。兄弟だから当然だ。

だからこそ、これ以上好きになってはいけない。

淑貴はあごをひいて近づいてきた唇からのがれ、とっさにその肩を押しあげた。

「ごめんなさい」

「……っ」

勢いよく肩を突き放され、はじかれたようにリュシアンが目をひらく。

淑貴は首を左右にふった。きみが侯爵と兄弟だから。ふたりの兄弟をそれと知らず同じように好きになりかけていた自分。そんなことが許されるわけはない。

「だめなんだ、きみとはなにもできない。世界中のほかのだれとできることでも、きみとだけはできないんだ」

淑貴はカジノで彼からもらったカードをポケットからだした。あれからお守りのようにずっともっていたカード。まさかこのひとがくれたものだったとは。

「どうか元気で」

リュシアンの前にカードをおくと、淑貴は彼に背をむけ、家を出た。

黒髪、黒い眸の情熱的な男。その明るさ、優しさに惹かれていた。一緒にいるのが楽しくて。

心のなかで彼にさようならを告げ、淑貴はやってきたタクシーに乗った。

8　地中海

その日、雲ひとつない紺碧の空がひろがる地中海に白亜の大型クルーザーが船出した。

バルセロナからニースまでの一泊二日のクルーズ。

小型の豪華客船といった風情のランベール家所用のクルーザーに招待されたのは、欧米経済学界のお歴々《れきれき》たち。

広間では玉泉が東洋人としては初めてランベール財団賞という名誉ある経済学界の賞を受賞した式典がこれから行われることになっていた。

「――――淑貴先生、どうしたんですか、ぼんやりとして」

耳に降り落ちた声にはっと顔をあげると、玉泉のゼミの生徒数名が自分を見ていた。

――そうだった、今はパーティの準備中だった。

ランベール家の職員や使用人が働くかたわら、自分はゼミ生とともに欧米からの経済学者や企業家の接待や、彼らに配る経済学関係の資料の準備などをまかされていた。

目にもまばゆいシャンデリアが灯ったロココ調の宮殿のような広間。

金箔《きんぱく》をふんだんに使った装飾品、窓枠《まどわく》や食器、家具以外は、すべてモナコのシンボルカラーの赤と白のカーテンやクロス、絨毯で統一され、花かごに飾られた薔薇の花も白と赤のものが交互に咲き乱れるようにアレンジされていた。

これはすべてランベール家所有のもの。

いわば、侯爵の持ち物だ。

今日のパーティには彼の異母妹夫婦がプレゼンターとして出席するらしく、侯爵自身はこないと玉泉から聞いていたので安心して船に乗りこむことができた。

ここで、仮面舞踏会でない場所で会ってしまったら、彼の存在が現実のものになってしまう。

あの日々は夢のまま。

自分が彼の素性を知らないということのままでいたほうがいいから。

あと半時間もすれば、船がバルセロナからニースの港にむけて出航する。

今日の午後——郊外のリュシアンの家をでたあと、淑貴はそのまま港にやってきた。

「——淑貴、今日はアメリカやカナダからも多くの学者が祝福にきてくれているんだ。接待のほう、いろいろとたのんだよ」

いつものようにタバコを口に咥えながらも、玉泉はすっきりとしたタキシードに身を包んでいた。

こういうときはきちんと無精ひげを剃《そ》っているのがぬかりのない彼らしいところだ。

「では、私は学者の皆さまのお世話をしてきます」

淑貴はデッキにでて、学者たちの控え室にむかおうとした。

ふとデッキの窓から外を見ると、そこには黄昏に暮れていくバルセロナの街。

サグラダ・ファミリア教会の尖塔《せんとう》が夕陽を反射してきらめいている。

あの街にリュシアンがいる。

そしてこれから船が行き着く場所に侯爵がいる。

そう思っただけで切なくなる。

仮面舞踏会――。

軽い好奇心から踏みこんだ場所だった。

そしてそこで侯爵に出会い、彼に導かれるまま自分でない自分を知ろうとしたとき、リュシアンに出会って自分は同時にふたりに惹かれていった。

いったい仮面舞踏会というのは何だったのか。

自分の過ごした、あの狂おしくも切ない時間は。

決して無駄な時間ではなかった。

自分にとってはかけがえのない大切な時間だった。

あの時間があったからこそ、本当の恋を知った。

ひとの肌のぬくもりや優しさに幸福感をおぼえ、ひとと対話する楽しさや新しい発見をする喜びも、すべてはあの仮面舞踏会から始まった。

しかし結果的に自分のやったことは、ふたりをだましたことになる。

侯爵には仮面をつけたまま真実の自分を告げることができず、リュシアンには、最後にあなたの兄とつきあっていると伝えられなかった。

――ふたりとも失うしかないのがわかっていたから。講師の仕事とともに。

ふいに涙がこみあげそうになり、淑貴は港に背をむけた。すると、ちょうど目の前にあったデッキチェアにアメリカの経済誌が置かれていることに気づいた。

招待客の持ち物だろうか。

だれかが置きっぱなしにしたのなら届けなければ……と思って手にとったとき、表紙に書かれた著述者の名を見て、淑貴は息を呑んだ。

「こんなところに三宅くんの論文が」

そこにはアメリカの名門エール大学の大学院に派遣留学している三宅哲治の最新の経済学論文が掲載されていた。

——いやだ……彼の論文を読むのは……。

と思って閉じかけたが、ふいに侯爵とリュシアンの言葉が交互に脳のなかで鳴り響いた。

傷つくことを恐れるな、なにから逃げているのか、というそれぞれの言葉が。

彼らの言葉を思いだしたとたん、荒波になりかけていた感情の昂りが静かに凪いでいき、淑貴はおだやかな気持ちで雑誌のページをめくることができた。

『The efficient ……estimation of the probit model.……with……』

淑貴はデッキチェアに腰を下ろし、われを忘れたように論文の内容に目を通していった。

——なるほど、こういう研究をしているのか。

これは自分から盗用したものではなく、三宅がアメリカに行ってから書いた論文だ。

すべて英語で書かれているが、その内容は以前にどこかで読んだことのあるもの。もう少しで新しい理論に行きつきそうなところまできているのに、肝心のところで違う方向にいっている。

「ここは……私ならこうはしないが」

などとひとりごとを呟きながら一文一文を喰い入るように追っているときだった。

ふっと頭上に黒い陰がかかり、目の前に人の気配を感じた。

目線をあげたとき、躰中がふるえ、瞬時のうちに己の顔色が変わるのがわかった。

指先からパサリと雑誌が落ち、続いて船底に打ちよせる波に躰ごとさらわれそうな目眩を感じた。

「――――先生、おれの論文、読んでるんですね」

少しハスキーがかった甘やかな声。以前は胸を切なくさせ、今では思いだすたびに胸に暗雲を広げるその声の主は……。

淑貴は唇をわななかせた。口内が干上がり、うまく声がでてこない。

「……三宅……くん……どうして」

貼りついたような顔で硬直している淑貴を、ほんの一刻見つめたあと、男はすっと眼鏡の奥の目を細めてほほえんだ。

「先生に会いたくてきたんだ。この賞の授賞式に参加するエール大の教授について」

知的な顔立ちに眼鏡。グレーのスーツ。昔とまるで変わっていない。

「三宅くん……会いたかったって……きみは」

いくぶん冷静さを取りもどして立ちあがると、淑貴は潮風に揺れる前髪を指で押さえた。バルセロナを出航した船は、少しずつ夜の地中海へと進んでいる。

デッキの手すりにもたれかかり、三宅は切なげに眉をよせて淑貴を見た。

「おれ、ちゃんと謝らないといけないと思って。先生にめちゃくちゃひどいことをした」

うなだれ、心底申しわけなさそうに言われ、淑貴はふっと微笑した。

「もういいんだ、あのことは。気にしないでくれ」

諭すように言った淑貴に、しかし顔をあげて三宅は首を左右にふる。

「そういうわけにはいかない。だっておれは……先生に」

「もういいんだ、一年以上も前のことだし、もう私は忘れたから」

言っているうちにどんどん自分の気持ちが静穏に包まれていくのを感じた。

顔を見た瞬間こそ驚いたが、落ちついてくると、彼に対して自分が恨みや怒りという感情をもはやいだいていないことがわかってホッとする。

もちろん、昔のような愛しさもない。

「きみもだから気にしないで前に進みなさい」

「先生も忘れられるの？　本当に？」

三宅が懸命に訊いてくる。

「忘れないと前に進めないじゃないか。だから忘れることにしたんだよ」

ふわりと笑顔をうかべると、淑貴は雑誌を拾って三宅に背をむけた。

不思議と落ちついた気持ちでいられた。それがうれしかった。

「待って、先生」

後ろから腕をつかまれる。

ふりむき、淑貴は斜めに男を見あげた。

「もうすぐ授賞式が始まる。離してくれないか」

「いやだ！」

いきおいよく肩をつかまれ、デッキの脇のデッドスペースに押しこめられる。

「先生は、昔からおれのもんだろ。な？」

「離してくれ！」

壁に押しつけられ、そのままくちづけされそうになる。

「やめなさいっ」

淑貴はとっさに三宅のほおを平手ではたいていた。

「――っ！」

驚いた顔で三宅があとずさり、眼鏡が甲板に落ちていく。

その肩をどんと突き飛ばし、淑貴は彼に背をむけた。

「待てよ」

後ろから追いかけてくる三宅からのがれるように、淑貴は目の前のキャビンを開けて内側から鍵をかけた。

ドンドンと戸を叩いて三宅はこじ開けようとしたが、鍵がかかっていることで観念したのか、しばらくしてその場から去っていった様子だった。

もう行ったのだろうか。

しかし扉を開けてたしかめるのが怖くて、淑貴は地下に続いていた階段に吸いこまれるように降りていった。

地下一階には玉泉の控え室があり、あいさつ文を暗誦するので授賞式が始まるまではだれも地下に行かないようにと言われていた。

もしまだ三宅が今のとびらのあたりにいるのだとしたら、地下の廊下を通って反対側の階段から上に行かないと彼と会わないでここからぬけだすのはむずかしい。

――すみません、玉泉教授。

あなたの稽古の邪魔はしませんから。

赤い絨毯の敷かれた廊下を忍び足で進み、淑貴は扉が半開きになったままの玉泉の控え室にさしかかった。

なかから声が聞こえてくる。稽古をしているのだろう。

気づかれないようにしなければ……と静かに通り過ぎようとしたそのとき、しかしなかから玉泉以外の声が聞こえてきたことに愕然とした。

その低く染みいるような官能的な声は――――。

「あなたとの賭けは私の負けです」

刹那、心臓が止まるかと思った。

その声、その優雅な言葉遣いはまぎれもなく侯爵。

――どうして……彼がここに。

すきまから覗けば、衝立のむこうでは、革張りの豪奢なソファに玉泉が座り、そのかたわらに侯爵のすらりとした立ち姿があった。

いつもと違った明るいシャンデリアの灯をうけた彼の金髪は、暗闇で見るときよりもずっと艶やかで金糸のように煌めいている。

侯爵はポケットに手を突っこみ、タバコを手にした玉泉を見下ろしていた。

仮面をとった侯爵の顔。初めて見る……。それは自分が想像したとおり、髪と目の色が違うだけのリュシアンそのものだった。

「……きみの負け？　どういうことだ」

玉泉がタバコに火をつけ、小首をかしげる。

「ふられましたから、淑貴に」

どうして自分の話題をふたりが。立ち聞きなどしてはいけないと思いながらも、いやな気配を感じ足の裏が床に貼りついたようにそこから動けない。

「惜しかったな、もう少しだったのに。今日の式典までに淑貴を堕とすことができたら、一年間、きみの財団の経済学顧問になる約束だったのに」

自分を堕とす？　それはいったいどういうことなのか。

淑貴の躰は凍結したようにまったく動かなかったが、心臓だけは爆発しそうなほど激しく高鳴っていた。

「それにしてもひどい師匠《ししょう》ですね。教授の秘書がカードカウンティングをしてカジノで稼いでいたの

でお仕置きをしてやりたいと相談したら、たいした金額じゃないから見過ごしてやって、代わりに、彼に恋愛ゲームを仕掛けろだなんて」

いったい目の前でなにが起こっているのかわからなかった。

三宅が現れ、彼から逃げた先に、こうして侯爵がリュシアンと同じ顔で存在している。

なにか妙な夢を見ているのだろうか。

それとも蜃気楼のなかにいるのか、魔法にかけられてしまったのか。

なにがなんだかわからず、ただ硬直するしかなかった。

そんな淑貴に気づくことなく、ふたりは楽しそうに話を続けていた。

「ランベール侯、ちょうどきみも四回目の妻と離婚で揉めているところだったし、いい憂さ晴らしになっただろう」

「ええ。これまでの妻たちとはまったく違うタイプだったので新鮮でした。こんな楽しい賭けはありませんでしたよ」

彼らが何の話をしているのかよくわからず、淑貴はそのままの姿勢で目をみはり続けた。

ただ鼓膜の奥では、いくつもの単語が奇妙なほどかん高く反響していて。

恋愛ゲーム。堕とす。憂さ晴らし。楽しい賭け――。

それらの言葉をたしかな意味として脳のなかで認識するのに少しの時間が必要だった。

――そういうこと……だったのか。

すべて遊びだったのだ。

淋しさに凍りついた心を溶かすような優しい言葉も、すべてをゆだねたくなるような腕のあたたかさも、この躰を貫いたときの狂おしいほどの熱も……すべてが偽《いつわ》り。

恋愛ゲームに勝つための手段だった。

それなのに自分とくれば……。

侯爵の優しさを自分への思いやりだと勘違いし、互いの素性を知らないことに安心感をいだいて、心の赴くままに彼を求めたりして。

さぞ滑稽だっただろう。

壊して壊して——と、その背にしがみついて哀願する自分はさぞ憐れに見えたことだろう。

「それにしても、侯爵、あの堅物の相手は厄介だっただろう」

「はい、結局、堕とせませんでした。彼は私から逃げましたから」

「でも、あっちのほうは最後までうまくいったんだろう？」

「ええ、先生のおっしゃったとおり、彼が私とリュシアンが同一人物だということに気づくことはありませんでした。ずいぶん疑っているようでしたが、みごとにだまされてくれましたよ」

——同一人物……ふたりが？

あのカードをもらったときから侯爵は自分のことを知っていて、玉泉と共謀して仮面舞踏会に赴かせて……恋愛ゲームをしかけてきて。

激しい立ちくらみをおぼえ、淑貴は壁に手をついてかろうじて自分の躰を支えた。

「ああ、彼は外国人の区別があまりつかないし、日本にいるときに人間関係で失敗したから他人と距離を置きたがる性質をしている。だから仮面をつけ、髪と目の色を変えれば簡単にだませると思ったんだ。案の定、ひっかかってくれたわけだ」

　玉泉がひとが悪そうに笑う。

「彼なりに疑っていましたよ、一生懸命。そしてかなり混乱していました」

「まあいい。とりあえずきみが侯爵家を継いだ祝いとして、これから一年、ランベール財団の顧問になってあげるよ。淑貴のことも、よしなにたのむよ。純粋培養《ばいよう》で、経済学以外なにもできないやつだが……本当にいい子なんだ。だまそうと思ったのだって、彼に刺激を与えたくて」

　二人の話を聞いているうちに意識が遠ざかりそうになってきた。

「わかっています」

　ふっとほほえみながら、侯爵がグラスにワインをいれようとしたそのとき、その目がふとこちらにむけられた。

「……っ！」

　淑貴はあとずさり、足音を殺してその場を去った。

　こちらのほうが暗くなっているので見えなかったと思うが、今の話を立ち聞きしたことがわかるとみじめだ。いたたまれない。

　——今は……もう考えるのはよそう……今は……広間にもどって……。

　自分にそう言い聞かせ、ふらふらとしながらも通路を歩いていく。

　そのあと、どこをどう曲がったのかおぼえいていないが、歩いているうちにいつしか広間にもどっていた。

気がつけば、そこでは華やかな音楽が流れ、式典が始まろうとしていた。

数百名を収容した広間にウェイターたちが料理を運びこみ、招待客たちがシャンパンを片手に乾杯をする。

さすがにランベール財団のパーティは規模が違う。

ステージではタキシードを着たテレビ番組の司会者と、深紅のカクテルドレスを着たフランスの女優が進行役をつとめている。

オープニングセレモニーでは、有名なイタリアのオペラ歌手のアリアの独唱。そのあとは弦楽合奏団の演奏とマジックが行われ、いよいよ授賞式本番が始まった。

会場が真っ暗になったかと思うと、司会が玉泉の名を呼び、彼のいる場所にスポットがあたる。

割れんばかりの拍手が湧き、壇上では玉泉が財団賞を受けとっていた。

続いて視界がトロフィーのプレゼンターを紹介する。

「今夜は、何とプレゼンターのひとりにランベール財団をひきいるリュシアン・ド・ランベール侯爵がいらっしゃっています」

再び嵐のような拍手が起こり、壇上にリュシアンが現れる。

流れるような金髪。宝石のように美しい翠の双眸。

たくましい体軀を極上のタキシードで包んだ侯爵——リュシアンは大きな花束をもって悠然と壇上に進むと、優雅にほほえんで玉泉にそれを手わたした。

「どうぞ」

そう言ってさらりと肩に落ちたなめらかな毛先を、長い指先で無造作に後ろにかきやる。

少し小首をかしげて行う、官能的なその仕草は彼のくせだ。

ゲームを仕掛けられ、弄ばれただけだとわかっていても、そんな彼の仕草を見ただけで胸が狂おしく締めつけられ、自分はどうしようもなく彼が好きなんだと実感する。

たとえだまされたとしても、たとえひどいことをされたとしても。

やはり……彼が好きだ。

もう二度とだれかを好きにならないだろうと思っていた自分が、これまで味わったことがないほど激しく恋してしまったひと。

この恋に後悔はない。

仮面をつけ、ひと夜だけの遊びが本気になって……いつか消えてしまうのがわかっているからそれが怖くて……リュシアンにも惹かれたり……と混乱することは多かったけれど、いずれにしろ、自分がリュシアン・ド・ランベール侯爵を好きになったのは事実。

やがて授賞式が終わると、壇上から降りようとした侯爵の視線が会場の片隅にいた淑貴へとそそがれる。

視線が絡み、淑貴はふわりと彼にほほえみかけた。

——あなたが侯爵で、あなたがリュシアンだったんですね。

よかった。あなたたちが同じひとで。

あかの他人だったわけでもなく兄弟だったわけでもなく。

ありがとう、お会いできて本当に幸せでした。

心のなかでそう呟き、彼に頭を下げると、淑貴は会場をあとにした。

しかし潮風の吹くデッキにでたとたん、急に張り詰めていたものが解けたようにまなじりから涙があふれてきた。

口もとを抑えても、手の甲を伝って足もとまでぽとぽと落ちる涙の存在に気づき、淑貴は早足で進んだ。

「……っ」

嗚咽を噛み殺し、声をあげて泣きたい衝動を懸命に制し、波に揺れるデッキを進みながら船の最後《さいこう》尾《び》まで行って手すりに顔をうずめる。

ここなら人気がない。

好きなだけ泣いてもいい。

三宅のときのような悔しいとか哀しいとか、そんな気持ちはない。

ただひどく淋しかった。

この船を囲んでいる暗い夜の海原をさすらうように、どうしようもないほど淋しくて。

なにもかも世間知らずの自分が悪い。

自分も楽しい思いをしたのだから、後悔はしていないけれど。彼らを好きになってよかったと思うけれど……。

そうしてどれくらい声を殺して泣き続けただろうか。

波の音のむこうに、革靴が甲板を踏みしめる音が背後に聞こえ、淑貴は涙に濡れた顔を手でぬぐってふりむいた。

目に飛びこんだのは真っ白に耀く、冴えた月の光。その光を浴び、灰色のスーツを着た長身の三宅が立っていた。

「先生、どうしたの、なに、泣いてんの」

淑貴の肩に手をかけ、優しい声で訊いてくる。

「ホームシック……」

手すりに半分だけ躰をあずけたまま、ぽつりと言う。そんな淑貴の肩を抱きよせ、三宅がほおにくちづけする。

「このまま先生の部屋に行かない？　そんなかっこうで泣いてると放っておけないよ。それともここで襲ってもいい？」

なにを彼が言っているのか、冷静に考えることはできなかった。

ただ長く甲板にいて、知らず冷えていた躰を彼の腕があたためてくれているだけで溶かされてしまうようで……。

「……うん……いいよ」

「本気？　意味わかってんの？」

「うん……わかってる」

うつむいたまま、淑貴は魂がぬけたような声でかえす。

「じゃあ、先生、おれとまたよりをもどしてくれる？　昔、日本にいたときみたいに」

日本にいたとき――――。

その言葉に少しずつ意識が現実を認識し始める。日本にいたとき、自分はこの生徒のこういうところがかわいくて仕方がなかった。

「楽しかったね、三宅くん、日本にいたとき、ふたりで経済学の話をしていたころは」

「だろ？　またあのころにもどろうよ。きっと楽しいよ」

その言葉に淑貴は口もとに冷笑をうかべた。

「わかってるよ。そしてまた論文を盗む気なんだろ」

ふいに変化した淑貴の態度に、心底驚いた様子で三宅が言葉を詰まらせる。

「ど……どういう意味だよ」

淑貴はふっと微笑した。

「さっき、雑誌に載っていたきみの論文を読んでようやく救われたよ」

「え……」

こわばった三宅の顔を、淑貴は静かなまなざしで見た。

「しょせん他人から盗んだもので世にでても、あとが続かないというのがよくわかった。私から盗んだもので成功しても、このままだときみには学者としての未来はない」

「つまりおれの論文では学者として将来がないということか」

三宅が舌打ちし、こぶしで壁を叩く。

「自分でわかってるならそれでいい」

あのとき、救われた。

そして一番大切なことを思いだした。

どうして自分が経済学の学者を志したかを。

財が有効に使われれば世界の生活水準が豊かになり、生活水準が豊かになったら戦争や病気が減って、みんなが幸せになれる……などとたわいもない夢をいだいて経済学の学者を目指したのだ。

幼い日の夢――――。

そのことを今日まですっかり忘れていた。

以前に、リュシアンから、学者ではなく実社会向きの思考回路だと言われたのも、そうした原点のせいだろう。

「先生、だからもうおれへの恨みはなくしたってわけ」

「うん、論文のことは世間知らずだった自分の無知さに支払った代償だと思えるようになった。ただ親の手前、ストーカー助教授のレッテルだけは取りはらいたいけど……無理かな」

「いやだ」

三宅の言葉に、淑貴は「仕方ないね」とためいきをついた。

「わかったよ。もういい。自分で何とか名誉回復ができるようがんばるよ」

玉泉にたのんでパリの企業を紹介してもらおうと思った。

経済学を志したそもそもの目的。

企業社会に役立つ理論を発見し、世界中の人々の財を豊かにすること。そのためには学者でいるのもいいが、実際に企業で働くのもいいだろう。

「待てよ、なに悟ってんだよ、どの大学にも雇ってもらえないくせに」

「まさか……ニースの大学にたれこんだっていうのは」

呆然と呟いた淑貴の言葉に、三宅がふっと嗤笑を漏らす。

「先生が成功するのが許せないんだよ。先生みたいに能天気で、他人の幸せばかり考えて、自分がひどい目にあわされても受け容れて、前に進もうとする。そういう姿を見ているとおれが否定されてるみたいですごくいやなんだ」

「三宅くん……どうして」

彼の様子が少し変だ。

自分の実力とプレッシャーとのはざまで苦しんでいた彼。

アメリカに行き、挫折を知り、このひとも苦しんだのだと思うと、恨みもなにもなくむしろ憐れみの感情が湧いてきた。

「おれはもうだめなんだよ」

「自分で決めつけたらだめだよ」

「いや、本当のことだ。先生から盗んだ論文だけが評価されて、今では、おれが先生から盗んだと言いだす学者までいて……あのときに学長選で落ちた教授が事件を洗い流すように警察に話をもちかけていて……昨日、大学側が再調査することを決定して、おれは……」

では、自分の名誉は回復されるのか？

学者として日本で復帰することも可能なのか？

ああ、そうなれば両親が喜ぶ。もう一度、息子としてみてもらえる。

「先生、たのむよ、助けてくれよ。おれ、おしまいだ。両親からも教授たちからも見捨てられる。もう日本に帰れない。お願い、少しだけ助けて」

「それは……できない。それはきみがきみ自身で克服しないといけない問題だ」

「じゃあ、一緒に死んで。おれ、それくらいの覚悟はできてるよ」

にやりと笑って、三宅はポケットからサバイバルナイフをとりだした。

「三宅くん……やめなさい」

一歩後ろに下がる。しかし踵がデッキチェアにあたり、淑貴はそれ以上進めなかった。

「おれ、学者としてどころか、人間として……だめなんだ……な、だから一緒に」

にこにこと笑い、ふらりと三宅が突進してきたそのとき。

刺される――――！

淑貴は肩をすくめ、固く目を瞑った。

「淑貴……っ！」

デッキに低い声が響いた次の瞬間、淑貴は強い力で背中から突き飛ばされた。

なにが起こったかわからず、デッキに倒れた淑貴の目の前に鮮血が滴り落ちる。

はっと瞠目した淑貴のひざの前にナイフが転がってきた。

「っ……！」

見あげると淑貴の前で、侯爵が三宅を後ろからはがいじめにしていた。タキシードの肩をナイフが裂いたのか、侯爵のそこから血が滴っていた。

「こ……侯……」

侯爵が肩越しにふりかえる。目を細め、淑貴の顔を見たあと、ふっと口もとをほころばせた。

「安心しなさい、かすり傷だから」

そう言ったとき、彼の護衛が駆けよってきた。

「侯爵、ご無事ですか」

数人の男が三宅をつかまえる。

「少し怪我《けが》をしたが、大丈夫だ。きみたちはその暴漢《ぼうかん》を連れてヘリで陸にむかいなさい」

慇懃に命令すると、侯爵はデッキにしゃがみこんでいる淑貴に手を伸ばした。

「淑貴、私の部屋で傷の手当てをしてくれるか」

甘く優しい声――。

見あげると、そこには仮面をかぶっていたときの侯爵でもなく、船乗りの真似をしていたリュシアンでもなく、金髪、緑の眸をした優美な男がいた。

「――――よかった、あなたが無事で」

傷の手当てを終えると、淑貴はこみあげてくる嗚咽をこらえ、手で口もとを押さえた。

「私のほうが安心した。淑貴、きみが無事で」

侯爵は淑貴の肩に手をかけ、愛しげに背を抱きよせてきた。たくましいその胸に引きよせられ、淑貴はいつもそうしていたようにそこにほおをすりよせた。

「私と玉泉先生の話を……きみは立ち聞きしたね」

淑貴のあごをつかみ、低い声で問いかけてくる。

「ええ。リュシィ……いえ、ランベール侯爵。すみませんでした、立ち聞きなどして」

「すまなかった。傷ついただろう?」

「いえ、気になさらないでください。それよりも驚きました。あなたがリュシアンだったなんて」

淑貴はさわやかな声でかえした。

「すまなかった。そのことも」

「いえ、謝らないでください。かなり戸惑いましたけど、考えてみたら、ふたりが同一人物だと気づかなかった私が鈍すぎるんです」

「どうして私を罵らない。きみをだましてたんだぞ」

「罵る必要がありませんから」

「どうして」

「だまされてよかったと思ってるから。だまされたほうが救われます」

てっきりこのひとをだましているんじゃないかと思って心苦しかった。

けれど、そうじゃなくて本当によかった。

「ありがとうございました、あなたと会えてとても楽しかったです」

「淑貴……」

「あなたもどうか新しい恋をして、次こそ幸せな結婚をしてください。もうカジノでカウンティングなんてしませんから安心して」

言いながら泣きそうになっている。

でもうまくここをやり過ごさなければ。

「あなたに会えて、自信がとりもどせたおかげで、昔の自分にもどってまた論文が書けるようになりそうなんです。だから、今、とても幸せなんです」

心の底からそう思う。このひとに会えてよかったと。

「どういう意味だ?」

「もう大丈夫です。ありがとう。あなたを好きになってよかった」

もうこれで終わり。楽しい恋の思い出だった。

「助けてくださってありがとうございました。あなたはどうかごゆっくり。私はもう行きますので」

立ちあがり、淑貴は侯爵に背をむけた。

「待て、待ってくれ」

侯爵の腕が淑貴の躰を強くひきよせ、後ろから骨が折れそうなほどの力で抱きしめられた。

「あ……っ」

ふっと大波に誘われるように腕のなかに包みこまれ、息がふるえる。

「……きみを離す気はない」

懇願するような狂おしい声。

首筋にふれる吐息。耳の裏にくちづけされ、淑貴はかぶりをふった。

「いけません。離してください」

再びまなじりに熱いものが流れてきた。

それが涙だと気づいたときには、とめどなく流れ落ちるそれがこめかみを濡らし、淑貴のほおをぐしゃぐしゃに濡らしていた。

「淑貴……きみが好きだ」

「でも……ゲームだと……」

「遊びで近づいたのは事実だ。だが、侯爵の私はきみのすなおな愛らしさに惹かれ、リュシアンとしての私はきみといる時間の楽しさに胸を熱くした」

「侯爵……」

「こんなにだれかを好きになったのはきみが初めてなんだ、信じてくれ」

そのひと言ひと言に胸が熱くなる。

涙がほおを伝って首筋へと流れ落ち、淑貴は手の甲でそこをぬぐった。

「だめです…身分が違います……あなたはランベール家の当主で……」

そう、そんなひとと恋愛するなんて……怖くて……。

「それは関係ない。私はきみに正式にランベール財団パリ支部の経済学顧問になって欲しいと依頼するつもりだ。玉泉からパリ行きの話は聞いていないか？」

「え……では……パリの企業というのは」

淑貴は驚いた顔でふりむいた。涙を拭うのも忘れ、潤んだ眸で見あげた淑貴に、侯爵は翠の眸を細めておだやかにうなずく。

「ああ、夏が終わったら私はパリに行く。もともと私はパリの社交界を中心に活動していたんだ。離婚のことでモナコにもどり、妻と正式に別れたそのときにきみを知ったんだよ」

涙に濡れた淑貴のほおを手のひらで包み、侯爵は緑色の眸を細めてほほえむ。

「きみを愛している。ふたりで暮らしたい。きみがきてくれないなら、パリになんてもどれない」

彼のわがままがどうしようもなく愛しかった。

そんなことを言われたら……自分は……。

「侯爵……」

「リュシアン、そう呼んでくれ」

その言葉に淑貴はおそるおそる彼のほおに手を伸ばした。リュシアンが学生だったときは決してさわることができなかったそのほおに。

「……どちらが本当のあなたなんですか」

「どちらも本物だよ」

「どちらも？」

「父の前ではランベール侯爵家の跡取りとしての私。母の前ではカタロニアの血をひく元気のいいスペイン系のおれ。三歳のときに両親が離婚したあと、それぞれの親の前でそれぞれの親が気にいるようにふるまってきたんだ、成人するまでずっと」

「リュシアン……そんなことを……どうして」

「父はカタロニアの血をひく母の性質をうとましく思い、母はモナコ貴族の父を嫌って……」

「そうだったんですか」

だから演技が堂に入っていたのか。子供のころから演じ分けていたから。

「そうしなければ、両親から相手にされなかったというのもあるが、両親が離婚した直後に兄のギィが病気で亡くなってね、兄の身代わりを要求されたこともあって、いつしか演技というよりは自然になってしまったんだ」

「そんなことって」

「子供のころには褐色だった髪が成長して金髪になるにつれ、私自身も金髪のときは兄のギィが継ぐはずだった侯爵家の長男のようにふるまい、黒髪の自分になるときは母の好きなラテン系の人間のようにふるまって……」

胸を締めつけてどうしようもなかった。

彼の言葉のひとつひとつが。

「だからどちらのあなたも淋しそうだったんですね」

「だからいつも本音しか口にしないきみがいじらしくてどうしようもなかった。私はいつも偽りのなかで生きてきたから。どうか私の恋人になってくれ」

その言葉が泣きたくなるほどうれしかった。しかしランベール侯爵家の当主と自分が対等な恋愛をすることなど考えられない。

「いけません……私たちは身分が。あなたは当主としてのつとめを……」

「そして……また孤独な時間を過ごせというのか」

「孤独な……時間？」

淑貴は首をかしげて彼を見あげた。

「きみに会って気づいた。それまでの自分の淋しさに。それまでの私は愛情を求めてさまよっていた自分の本当の淋しさにさえ気づいていなかった。でもきみに会って、ひとを愛することを知って……私は自分がとても淋しい男だということに気づいた」

リュシアンの翠の眸がかすかに潤んでいることに気づき、胸が痛くなった。

「どうか私をひとりにしないでくれ。そばにいて私を愛してくれ」

これ以上ないほど強く抱きしめられ、涙があふれてきた。

できない、身分の違いくらいでこのひとを手放すことなんて。

わかるから、このひとの淋しさが。

自分もこのひとに会うまでずっとさまよっていたから。

「でも、いいんですか、私で。私は優しくされたら侯爵でもリュシアンでもどっちでもいいと思うような節操のない男だったんですよ。ふたりから優しくされるたびに振り子のように揺れて……先に知りあったから侯爵をより好きになっただけで……本当は……」

そう、本当は同じくらい好きだった。

だから彼らをだましているのが辛くて。

「淑貴……きみは、優しくされるとだれにでも靡《なび》くと自分を卑下しているが、そうじゃないよ」

「え……」

「侯爵もリュシアンも……きみが好きになったのは私ひとり。きみは私だけを好きになったんだ、それを自覚して勇気をだせ」

私だけを好きになった——。

彼のその言葉に救われるようだった。

点滅する光がひとつの明かりとなって心を照らしてくれるような気がして。

ようやく手を伸ばせばとどく位置までたどりつけたように思って。

ふれることができない蜃気楼、消えてしまう露だったものがここにある。

そう思えて。

淑貴はリュシアンの背に腕をまわしていた。

もう立ち直れる。

違う自分にならなくてもいい。もう仮面は必要ない。

リュシアン・ド・ランベール侯爵、彼がそばにいてくれるなら。

彼を好きだと思うまでの自分は、夢も希望もなく、ただ毎日を生きているだけだった。

論文を書く情熱を失い、未来が見えなかった。

その不安からのがれるようにカジノに通い、仮面舞踏会にひきこまれていって。

でも、今は違う。

このひとが好きという気持ちに支えられている。

だから三宅をさわやかな気持ちで見れた。むしろ彼こそかわいそうなひとだと思えた。

そうなれたのは彼のおかげだ。

「あなたとパリに行きます」

そう言って顔をあげた淑貴にゆっくりとリュシアンが顔を近づけ、涙に濡れた唇を甘く吸ってきた。

そうしてそのまま唇をあずけあう。

「ん……ん……ふっ」

根もとから舌を絡めあわせ、たがいの心に潜む気持ちを確かめあうように。

このひとが愛しい。

その気持ちをしっかりとこのひとに刻みこませて欲しい。

だまされてもいい、傷つけられても後悔しないと思って好きになったひと――。


「ん……ん……」

音を立てて上唇を吸われ、身も心もゆっくりと解きほぐしてくれるくちづけ。

淑貴は手を伸ばし、しがみ着くようにリュシアンの背を抱きしめていた。

「ん……ふっ」

キャビンの窓から入ってきた地中海の風が肌を撫でていく。首筋を吸っていた舌が胸へと落ち、小さな粒を嬲る。それだけで甘ったるい熱が皮膚の奥から湧いてきた。

「……っん」

そうして甘いくちづけをくりかえしながら服を一枚一枚脱がされ、気がつけば、ベッドの中央でなにひとつ身につけず横たわらされていた。

「ようやくふたりとも……素顔になれるな」

リュシアンが目を細め、まっすぐ淑貴を見下ろす。

窓から青白い月光。

彼が仮面をつけていないせいだろうか。リュシアンの顔をした侯爵に見られているようでどうにも恥ずかしくて肌が張り詰めてくる。

「もっと見せてくれ。綺麗だ。白いうなじも手首も」

「そんなに……見ないでください」

眸を伏せ、小声で答える。いつも見えなかったものが見えるせいか、己の深部まで晒されたようで皮膚に緊張感が疾ってしまう。

「今さら羞じらうことはない。これまでに何度も求めあってきた仲じゃないか」

それは……あのときはあなたがどこのだれかわからなかったから。

「でも今夜は……あなたが仮面を……つけていないから」

べつに自分が顔をかくす必要はないのだが、どうにも面映ゆく、淑貴は顔を覆ってリュシアンから顔をそむけた。

しかしすかさず手首をつかまれ、大きく左右にひらかれる。

「リュシ……」

そのまま首に顔をうずめられ、皮膚を強く吸われ、そこに火が奔ったような熱を感じた。

「私の正体を知るまでは逆らわなかったじゃないか。私の望むことをすべて受けいれ、どんな行為にも応じてくれた」

「言葉に……しないでください」

「羞じらうきみもかわいいが、いつもの大胆なきみにもどってくれ。もっときみを知りたいから」

首筋に顔をうずめられたまま、ひざを割ってリュシアンが足の間に入ってくる。

「ん……ふ」

彼の体重をうけたまま皮膚と皮膚がこすれあって、尖った乳首をつぶされてそこから甘苦しい痺れが疾っていく。

「あ……っ……」

たまらず淑貴は声をあげた。肌と肌がふれあった場所に汗がにじんでくる。

彼の肌から揺らぐ甘い香気――薔薇の匂い。

それだけで狂おしくなってしまうのは、これまでの情事のせいだ。

官能に火をつけてしまう。その甘やかな強い芳香が愛しい。

淑貴はリュシアンの首に腕をまわしていた。

「淑貴……」

「では……私をもっと知ってください…」

背中に爪を立て、自ら足をひらいて腰を浮かす。

恥ずかしいけれど、手放さなければならないと思ったことにくらべると、こうして彼の腕のなかにいることが幸せで……だから。

「私に溶けこんでください」

その髪に指を絡めて、懇願する。

「淑貴……」

細長い彼の金髪からはいつも薔薇の匂いがする。自分を恍惚とする幸せの香りが。

「リュシアン……あなたから侯爵の匂いがする」

朦朧としながら言った淑貴の言葉に、ふっとリュシアンが笑う。

「当たり前だ。私が侯爵なんだから」

「侯爵の味もする」

リュシアンの首筋にそっと舌を這わせると苦い汗の味がした。そのまますくまぶたをひらいたリュシアンの唇をそっと吸ってみる。

「……好き……」

「どうしたんだ、ここが気持ちいいのか？」

ひらいた足のあいだ、柔肉《やわにく》のはざまに入りこんできた指に濡れた音を立てて弄ばれる。

「ええ……好きです……あなたのなにもかもが……」

恥ずかしいことを口にしていると思いながらも、淑貴は素直に快楽に身をまかせていた。

「ですから、お願い……もっと……きて……」

「学校にいるときは慎《つつし》み深い先生だと思ってたけど……いつもベッドでは淫乱だね」

リュシアンの肩に手をかけ、淑貴は潤んだ目で切なげに見つめた。

「相手があなただから……あなたとこうしていられることが幸せだから……それって……いけないことですか」

「やっぱりきみはすごくかわいい。手放せそうにない」

淑貴のひざを抱え、リュシアンがひと息に狭間を突き刺す。

「あ……ん……あぁ」

押し割られ、貫かれる痛みに苦鳴が漏れる。

そんな淑貴の唇をリュシアンの唇が押し包んできた。

内側から圧迫され、汗をにじませながら淫らな声をあげて律動に従順に従う。

「は……ぁ」

ぐいぐいと内臓を押しあげてくる肉茎の大きさに全身が痙攣する。

「あ……は……」

かすれた声をあげながら、淑貴は自らも腰を動かしていた。

内側の粘膜に彼の熱が広がって心地よい。

そうして背中をかきいだき、唇をかさね、たがいに求めあい、熱く激しい奔流に身も心も支配されていく。

それでももっと強くつながりたくて。もっと深く貫かれたくて。

「あぁ……んっ……あ……っお願い、なかに……だして」

すがりつき、リュシアンに懇願する。

「あなたのすべてが欲しい……だから……ください」

彼が侯爵と兄弟かもしれないと思ったとき、目の前が真っ暗になった。

だまされていた、ゲームの相手にされていたと思ったときは哀しかったけれど、三宅のときのような心が凍るような哀しみではなかった。

前に進める澄んだ哀しみ。

愛したことを後悔する哀しみではなかった。

自分は傷ついてもいい、だまされてもいいと思えたから。

ただ、愛されていなかったと思って哀しかっただけで。

「好きだよ、淑貴」

腰を引きつけられ、リュシアンに激しく肉襞を抉られる。

くりかえされる激しい律動にベッド軋み、淑貴の脳髄は快感に甘く痺れていた。

もう淋しさはない。自分への劣等感もない。

それをこのひとが壊してくれた。

前に進め、傷つくのを恐れるな、逃げている……と言って背中を押し続けて。

ありがとう、あなたに会えてよかった。

そんな想いをくちづけにこめ、ふたりで生きていく未来のために進んでいこうと思った。

好きにならなければ知らなかった多くの感情を知ったからこそ。

そう、今日からは仮面をとって生きていく。

ふたりで幸せになるために――。

エピローグ

シエスタ——。

この時間になると、南欧の街は死んだように静まりかえる。

紺碧の空からは一日で最も激しい午後の陽射しが降りそそいでいた。

どこも彼処《かしこ》も光に満ちあふれていてまばゆい。

そんなマヨルカ島に近いプライベートアイランドにある城。

昼食のあと、海の見えるテラスの床に座り、ひんやりとした大理石の柱にもたれかかって、淑貴は一心に経済学の本を読んでいた。

思いつくままにグラフの横に書きこんだり、分析方法を記したりしていると、あまりの楽しさに時間がゆき過ぎていくことにも気づかない。

そうしてどのくらい時間が経ったのか。

「……っ」

ほおに冷たいグラスがふれ、その、ひやりとした感覚に淑貴は夢から覚めたように顔をあげた。

見あげれば、そこにタキシードを着た恋人が立っていた。

長い金髪が風に騒ぐのもかまわず、あきれたような顔で。

「……リュシアン」

本を閉じ、淑貴はふわりとほほえんだ。

「淑貴、何時間、そこにいれば気がすむんだ。もう夕刻だぞ」

冷たい水の入ったグラスを淑貴に手わたし、リュシアンがあきれたように海に視線をむける。

「もう夕刻？」

水を飲みながら視線をむければ、今まさに水平線の彼方に大きな太陽が沈もうとしていた。

ごうごうと音を立てて海を灼こうとするようなあざやかなオレンジ色に、そろそろ夏も終わりに近づいている、そんな気配を感じる。

「ところで、リュシアン、どうして正装なんてしているんだ？」

グラスを置いて立ちあがり、淑貴はこれ以上ないほど美しい恋人のタキシード姿を見つめた。

「今夜は仮面舞踏会だって言ってなかったか？」

やれやれと肩を落とすリュシアンに、淑貴ははっと目を見ひらいた。

「ごめん、忘れてた。明日からの計画を考えるのが楽しくてつい」

いよいよ今日で長いバカンスも終わる。

明日、ふたりでパリに行き、以前にリュシアンがくれたリストに書かれていたようなこと――油田の採掘やワイナリーの運用方法など、経済学的にどうすれば最適な運用ができるか考えていく毎日が始まる。

これから先、利潤の最大化を考え、製品価格、生産量、そして労働投入量をどう設定するかを分析する毎日が始まると思うとうずうずしてくる。

今日もそう。

つい、昼寝の途中にリュシアンの腕から抜けだして、本を手にこんなところで考えてこんでしまっていた。

「休みの間は経済学のことは考えないって約束じゃなかったのか」

「それってベッドのなかだけって約束じゃなかった？」

「いや、今からおれとのプライベートな時間すべてってことになった」

そう言ってリュシアンがひょいと淑貴の手から本を奪う。

その子供じみた言動に淑貴は苦笑をうかべる。

長い金髪にタキシードといったいでたちは侯爵のときの姿なのだが、ふたりきりでじゃれあうときは、船乗り風のリュシアンにもどることがあっておもろしい。

かと思えば、いきなりベッドに入ると侯爵の顔にもどり、大人のよゆうに満ちた態度で自分を組みしき、激しく求めてくる。

幼いころからの育った環境のせいでそんな二面性をもつ彼。

だが、自分にはどちらのリュシアンの顔も愛おしく思えて仕方がない。

やんちゃなラテン系青年の顔をしたリュシアン。

彼と一緒にいるときは気をつかわなくて楽しい。

優雅なモナコ貴族の顔をしたリュシアン。

彼と一緒に過ごす時間は、静かで満たされた気持ちになる。

なによりどちらのリュシアンの顔がでてきても、彼が自分を大切に想い、涙がでてきそうになるほど優しくしてくれることには変わりないのだから。

そう、こんなに幸せなことはない。

「さあ、淑貴もそろそろ着替えて。そっちにタキシードを用意したから」

背に腕をまわし、リュシアンが部屋のなかに導く。

シャツをはおってズボンをつけて着替えていると、リュシアンがそばにやってきて髪型からタイの種類まで事細かに指示してくる。

そうして用意が整うと、リュシアンは棚から黒い仮面をとりだした。

「すごく綺麗だ。だから仮面で顔をかくさないとな」

そう言って淑貴の顔半分をかくすと、リュシアンはあごに手をかけ、唇を近づけてきた。

ふたりの皮膚の間をリュシアンのつけた薔薇のコロンの匂いが駆けぬけ、それだけで恍惚となりそうだった。

「ん……っ」

熱っぽく唇を押しつけられ、淑貴はその首に手をまわした。

唇をかさねては離し、すりよせてはついばみあう。

「ふ……っん……」

重なった皮膚に熱がたまり、昼食のあと、リュシアンに抱きしめられ、乱れるにまかせてベッドのなかで乱れたときの快楽の余韻が肌の奥からよみがえってきそうで、息苦しくなってきた。

リュシアンはこうやってなにかするたびに唇を求めてくる。

目覚めたとき。顔を洗ったあと。朝食の前とあと。

それから……と数えたらきりがないほど。

自分はといえば、求められるとうれしくなっていつでもすなおに応じている。

今もまだこうしていることが怖くなるときがあるから。

彼の腕に抱かれていること、現実に彼がここにいることが夢のようで、この甘い倦怠感から現実にもどるのが少し怖くて。

「……あ……と…………」

唇が離れたあと、淑貴はリュシアンの肩にほおをあずけた。

「淑貴、どうしたんだ？」

リュシアンが目を細めて顔をのぞきこんでくる。

上目づかいで愛しいその顔を見たあと、まぶたを閉じ、淑貴は小声で呟いた。

「……ありがとう」

「淑貴」

やるせなさそうなリュシアンの声が耳にふれる。

「何で……そんなことを、きみが」

「だって本当のことだから」

「ありがとうと言うのは私のほうだよ。いつでもこうして私の腕のなかにいてくれる」

「リュシアン……」

そのあたたかな声にどっと胸の奥から愛しさと感謝が衝きあがり、彼を見あげて告げる。

「ありがとうございます……腕のなかにいさせてくれて」

「当たり前じゃないか。私がきみを求めているんだから」

「でも……あなたはこんな私でいいんですか」

「決まってるよ。きみは最高だ。貞淑《ていしゅく》で素直なくせに、腕のなかではどうしようもないほど淫らになり、最後にはとんでもないわがままになる。それがたまらなく愛おしい」

そうして抱きしめられ、また唇をふさがれそうになったとき。

「——侯爵」

沈黙を破るように使用人が扉をノックする音が聞こえた。

「どうした」

リュシアンが扉に顔をむける。

「侯爵、そろそろ広間においでください。お客さまがお集まりになっております」

その声にリュシアンが肩をすくめる。

淑貴はうなずき、リュシアンの手をつかんだ。

「じゃあ、行こうか、淑貴」

「はい」

廊下にでると、そのまま使用人にうながされ、一階にある広間へとおもむく。

この屋敷での仮面舞踏会は会場内に何本かの燭台を燭しただけの淫靡な薄暗い広間で行う。

ろうそくの光だけが灯った玄関。

そこに仮面をかぶった招待客がぞくぞくと入っていく。

ヨーロッパ中の貴族、モデル、役者などを集めてのパーティ。

夕方からこの島にはプライベートジェットやヘリで次々と客がやってきているそうだ。

白い制服を着た召使いたちが麝香《じゃこう》を火に燻《くゆ》らし、屋敷全体に官能的でけだるい雰囲気が漂うとパーティの始まりだ。

ほの暗い暗闇を灯すぼんやりとしたろうそくがゆらゆらと人影を揺らめかせる。

そんななか、弦楽合奏団が甘い音楽を奏でていく。

ヴェネツィア風の仮面で顔の半分を覆い、ワルツに興じる紳士淑女。

ローマ皇帝やエジプト女王風のもの。

果てはアラブ風の衣裳。

天使や悪魔もいる。

目の前を通りぬけていくのは、仮面をつけたクルーピエ。

カードを手に準備にかかろうとしている姿に、ふとリュシアンが思いついたように言う。

「どうだ、また勝負をするか」

淑貴の顔をのぞきこみ、リュシアンが軽くウインクする。

「いいですね、久しぶりにブラックジャックの勝負でも」

ふっと淑貴は笑った。

「なにを賭ける？」

淑貴はリュシアンを指さした。

「私を？」

さも驚いた様子のリュシアンの翠の眸を見あげ、淑貴は淡くほほえんだ。

侯爵の顔をしたリュシアン。ラテン系青年のリュシアン。

どちらも好きだけど、本当はもっとべつのこのひと自身がそのふたつの顔の奥にあるのではないかと思う。だから。

「ええ、今度はあなたを壊す番です」

「きみが……私を？」

「本当のあなたを知りたいから。もっともっと奥にあるあなたを」

その言葉に、一瞬、リュシアンはなにかを考えこむように目を眇めたが、すぐに艶やかな微笑をうかべ、肩に落ちた金髪を無造作に後ろにかきやった。

「いいよ、では賞品は私だ。きみの手で私を壊してくれるか」

「ただし私が勝ったときに、ですよ？」

「それは楽しみだ。君は強運だからね。では、ゲームを始めようか」

リュシアンが手を差しだす。

この手が愛しい。

自分を内側から壊し、ここまで導いてくれたこの手がどうしようもなく。

「ええ」

その手をつかみ、ふたりで仮面舞踏会の行われている広間に吸いこまれるように入っていく。

仮面をつけて、今夜も賭けをする。

べつの自分になるのではなく、たがいを深く知るために――。

あとがき

こんにちは。今回は外国人と日本人のエキゾチックロマンスシリーズ第2弾です。

シリーズといっても、外国が舞台で外国人と日本人がでてくる以外に共通点はなく、それぞれ独立した話になっていますので、お好きなテーマや国、雰囲気の話を選んで気軽に読んでいただけましたら幸いです。一応、テーマは「仮面をつけた見知らぬ男との恋」＆「昼と夜の地中海エロス」（笑）。心の奥にオトメな一面を隠した表面だけはツンデレ日本人助教授が、明るい光に包まれた地中海での恋と、夜の淫靡な仮面舞踏会のエロスにはまりこむ話です。それぞれの顔で惹かれていった相手は……といったところが話のメインテーマでしょうか。主人公は恋愛経験値が低いせいなのか、濡れ場では教えられるまま、素直な反応を示しています。濡れ場でここまで素直な受けを書くのは初めてですが、正直者を書くというのはそれはそれで大変楽しかったのでまた挑戦してみたいなと思っています。

対する攻めは……ネタバレになりますのでやめておきますね。

とりあえずセレブなモナコを中心としたコート・ダジュールで、それまで転落人生を歩んできた傷心の主人公がめくるめく恋に溺れ、気がつけば幸せになっているという王道シンデレラストーリーを目指しました（一応）。この話は発売時期同様、春らしい気分で楽しんでいただけたらいいなと思って仕上げましたが、いかがだったでしょうか。

ひと言でもご意見・ご感想など聞かせていただけましたら大変嬉しいです。次回のエキゾチックロマンスの新書は上海になりますが、雑誌の方ではちょうど並行してロシアの話を書いていますので、興味をお持ちの方はぜひぜひお手に取ってくださいませ。

担当Fさんとはこれが最後の新書です。本当に長い間ありがとうございました。このシリーズもFさんが立ちあげてくださって。「旅行好きの趣味と実益を兼ねて、好きな国の話を書いてみませんか」とおっしゃってくださったときはとても嬉しかったです。

亜樹良のりかず先生、ご多忙な中、本当にありがとうございました。セレブもワイルドもオヤジも書いていただけて大変幸せです。リュシアンも侯爵もラフを拝見するたびにうっとりしてました（個人的に教授が一押しですが）。あと私事ですが、家族に先生と血液型と誕生日が同じ者がおりましてプロフィールを拝見して親しみを感じていました。

いつも応援してくださっている読者の皆さまも本当にありがとうございます。楽しんでいただけたでしょうか。どういうお国がお好きか、どういう外国人のお話が読みたいかなど、気軽に教えていただけましたら幸いです。今後の参考にしつつ、構想を練っていきたいなと思っています。また経済学と学者について教えて下さったK先生ご夫妻、助けて下さったEさんもいつもありがとうございます。

それではこのへんで。次回もまたお会いできましたら大変嬉しいです。

この本を読んでの
ご意見・ご感想を
お寄せ下さい。

〒151-0051
東京都渋谷区千駄ヶ谷4-9-7
(株)幻冬舎コミックス　小説リンクス編集部
「華藤《かとう》えれな先生」係／「亜樹良《あきら》のりかず先生」係

リンクス ロマンス

マスカレード

2007年4月30日　第1刷発行

著者……………華藤《かとう》えれな
発行人…………伊藤嘉彦
発行元…………株式会社　幻冬舎コミックス
〒151-0051　東京都渋谷区千駄ヶ谷4-9-7
TEL 03-5411-6431（編集）
発売元…………株式会社　幻冬舎
〒151-0051　東京都渋谷区千駄ヶ谷4-9-7
TEL 03-5411-6222（営業）
振替00120-8-767643
印刷・製本所…図書印刷株式会社
検印廃止

ISBN978-4-344-80989-5　C0293
Printed in Japan

幻冬舎コミックスホームページ　http://www.gentosha-comics.net